中村教授のむずかしい毎日

Kamimura Ryuichi

上村隆一

北冬舎

中村教授の
むずかしい毎日

目次

むずかしい、世間。

むずかしい、日常。

むずかしい、人生。

むずかしい、社会。

むずかしい、住居。

むずかしい、食べ物。

むずかしい、買い物。

むずかしい、人々。

むずかしい、私。

むずかしい、世界。

むずかしい、愛。

カバー・扉装画＝上村隆一
装丁＝大原信泉

中村教授の
むずかしい毎日

むずかしい、世間。

カフェでの作法

土屋賢二教授に「紅茶を注文する方法」という傑作エッセイがあるが、注文したあと、カフェで勉強するにも、作法がある。

まず、「カフェ・ド・クリエ」レヴェルの、小さい一人用テーブルだが、エスプレッソを置いたトレーを、横ではなく、縦にして、右に寄せておく。新聞・雑誌・本は、左である。これでテーブルはいっぱいだ。

四人用のテーブルに坐った場合、隣に中年女性のグループが来る可能性が高いので、危険である。うるさくて、読書、勉強にならないこと請け合いだ。狭くても、一人用が林立しているエリアが安全である。

さて、ケーキの類は、さきに食べておく。飲みながら食べ、読むのは困難なので、最初に片付けるにかぎる。じっくり味わうような高級ケーキではないのだ。脳にブドウ糖を送り込むだけの働きである。食べ終わった皿は、トレーの中でも、なるべく遠くのほうへ置く必要がある。読んでいる本の背表紙に皿のクリームが付着する恐れがあるからである。できれば、皿の上に、紙ナプキンか、レシートでもかぶせておくのがよい。

このあたりまでは、茶道もかくや、と思われるぐらいの無駄のない所作を必要とする。なにしろ、狭いのだ。

コーヒーカップの底に、エスプレッソのしずくがついていないことを、確認する。売り場から席まで不安定な片手で運ぶため、ソーサーの底にこぼれて、溜まっていることが多い。それは、完全にぬぐい取らなくてはならない。でないと、カップを持ち上げるたび、永遠にしずくが垂れるという、ギリシャ神話のシーシュポスのような悲劇になる。

最初が肝心であり、いっきに備え付けの紙ナプキンでぬぐう。エスプレッソだと、カップが小さいため、量も少なく、ソーサーへこぼす危険性も小さい。「ブレンド」だと量が多く、かなりの確率でこぼれている。本に垂れでもしたら大惨事である。

つぎに、やっと、本などを読む。疲れたら、壁などに目をやる。まわりには、見たことのある孤独そうな客が多い。気まずいので、目が合わないよう、うつむきかげんにするのがよい。

言い忘れたが、水はコップに半分ほど入れて、エスプレッソのすこし奥に置いておく。本や手で引っかけないためである。水は、店員がエスプレッソやカフェラッテを淹《い》れている間に、自分で注いで、トレーに置く。ブレンドだと出てくるまでに時間がかからないので、この順番が逆になる(コーヒーを受け取ったあとに自分で水を入れる)。

隣りに中年女性の集団が来てしまった場合、二人用のテーブルにいても、向こう側の、空《あ》いている椅子を、これいいですか？　などと言われて、取られてしまうことがある。ここは、人が来ますから、とでも言い、心を鬼にして、断固、拒否する。

なぜなら、経験してみるとわかるが、向こう側に椅子がないと、ひどく、間が抜けるというか、まるで崖っぷちに坐っているような不安定感を感じるからである。無人の椅子にも、船のバラストのような重要な役割があるのだ。

カフェ・ドゥ・マゴ（一）

どういうわけか、しばらく無沙汰にしていたが、最近は毎週のように行っている。週に一度は行かないと落ち着かないぐらいに依存状態だ。

ここは、テラス席が広大なわりに、ウェイターが少なく、かつては、注文をなかなか取りに来てくれないことがあった。席から携帯で中へ電話して、来てもらったことがある。最近は、顔を覚えられたせいか、すぐに来てくれてありがたい。

当時は知り合い、というか、向こうが一方的に知っている大学生が何人かいたが、いまは、すっかりスタッフも入れ替わってしまった。たいへん接客技術にすぐれたギャルソンがおり、とても心地よく時間を過ごせる。

十数年、ここへ来ているが、その魅力には、隣接する芸術書専門店も一役買っているだろう。美術、写真、建築、演劇以外の本はなく、アーティスティック100パーセント——じつに高貴である。投資とか、資格試験とか、流行書、実用書などが一冊もないというのは、尊い。

そういう雰囲気だから、カフェのほうにも、保険やら商売やら、勧誘をしているような客はいない。私のように気取った客や、アーティストや、西洋人や、業界人の（ように見える）客ばかりである。

カフェ・ドゥ・マゴ（二）

いつもサーヴしてくれる「テラスチーフ」とは別のウェイターが、私服で出てきて、にこやかに挨拶してくれるが、挨拶されたぐらいで常連と思ってはいけない、と自分にきびしく言い聞かせる。ジーンズ姿だった。機嫌がよいところを見ると、帰るところなのだろう。

それはともかく、また別の、とても姿勢のよいウェイターが来て、今朝の雨はすごかったんですよ、などと言う。一人のウェイターとしか口をきかないことが多いカフェだが、今日は不思議だ。きっと、デヴィ夫人などは、このように、つぎつぎと、まわりから男たちが挨拶に来るのだろう、と想像した。たまには、こんなふうに楽しい日もあってよい。

カフェ・ドゥ・マゴ（三）

テラス席。今日は「大寒」である。当然、私が来た時には、誰もいなかった。こんな物好きは私一人いれば十分である。しかし、私が坐って、華麗にランチをいただくのを見て安心した（かどうか定かではないが）、働く必要のなさそうな、松濤あたりの、裕福な若いマダムが四人やってきて坐り、寒空のもと談笑する。

私は店のグラスウォールにもたれ、ストーヴに照らされて、瞑想、妄想する。馴染みのウェイターに、寒くないですか、と聞かれ、大丈夫です、あなたこそ、と言うと、「慣れっこなんで」と答えた。真夏でも、真冬でも、ここのギャルソンは同じ格好なのだ（下にヒートテックを着たり、穿いたりしているのかもしれないが）。パリのカフェ・ドゥ・マゴでもそうなのだろうか。

パリなら、日本ほどの気候のきびしさはないから、この服装でもやっていけるが、万事、一般論として、ヨーロッパのものをそのまま日本で使うと、ふつごうが起こることが多い。多湿と乾燥、虹彩の明暗、つまり、明るさへの感度、など、自然も人間も、われわれは正反対だからである。

緑色の紅茶

「ロイヤルミルクティー」という大げさな名前の茶を、いつもどおり注文する。学生時代に「イタトマ」と言っていた、イタリアントマトという店である。

席について、茶が濃くならないように、すぐティーバッグを取り出すと、ティーポットの中が抹茶色である。〝猛毒の緑青?〟と思って、ぞっとする。

いや、緑色の抹茶オレというのがあるのかもしれない、と思って、立ち上がり、わざわざ、レジに置いてあるメニューを見に行くが、そんな商品はない。

レジには、客が列をなしていて、なかなか途切れない。数分後、ティーポットを持って行って、これ、緑色なんですか? と言って、ふたを開けると、薄茶色のいい具合になっている。店員が疑い深そうなオーラを発し、ライトが緑色だからじゃないですか、と言われる。

席に戻って、ふたを開けると、やはり抹茶色だ。いくら色弱の私でも、こんなはっきりした色は区別できる。ふと、上を見ると、私の席の上だけ、なぜか強烈なグリーンのライトが光っていた。

美術館のカフェ

国立西洋美術館の「カフェ・すいれん」。ここの食器は、涙が出るほど安っぽく、コーヒーの味も恐ろしい。しかし、中庭の風景だけは悪くないので、つい入ってしまう。何にもまして、絵を観て、立ち続けていたので疲れている。入らないわけにはいかないではないか。近くに、ほかのカフェはないし。

ヨーロッパでは、美術館のカフェ、レストランの質は高い。しかも、街中より安く、利用しない手はないと思った。日本の場合は、まだその水準に至っていない。

ルーヴル美術館は、ウェイターが料理を運んでくる椅子席と、セルフサーヴィスの席が、厳然と分かれていて、値段に差をつけていた。私がうっかり、そういう規則を知らず、トレイを持って、高いほうの席に移動しようとしたら、「Non, non, non!」とウェイター二人がひどく慌てて、おもしろかった。なぜ、たかが二百円、三百円のことで、あんなに焦るのか謎である。一度例外を認めると、なし崩しになるからだろうか。そのわずかな差額を払って、心地よい席のほうに坐り、ゆったりと過ごした。

「睡眠場」

新宿伊勢丹の中にある紅茶専門店に入り、飲んでいると、なぜか、急に睡魔に襲われる。カフェインで目が覚めるはずなのにおかしい。耐えられず、伏して寝ていたら、
ここはスイミンバじゃございませんので
と、中年のウェイターに罵倒された。もう、二十年以上前になる。いま、その店があるかどうかは知らない。

豆のカレー

昨今は小さい町にも、一、二軒はインド、ネパールないしバングラデッシュないしパキスタン料理屋がある。よい時代になった。

店の前には、たいていインドの国旗を掲揚していたり、「インド料理」などと書いてあるので、店内を見ないと、ネパールだか、インドだか、わからないことが多い。パキスタンやバングラデッシュは、店内に、目立たない感じで国旗が置いてある。もともと、インドから独立した国だから、複雑な思いだろうが、インド料理と自称してもまちがいではない。

地元のネパール料理店には、週一回ぐらいのペースで行っているせいか、いつもと違うものを注文すると、厨房がちょっとした騒ぎになる。私がドアを開けると、もう、ナンを手で叩いて、焼窯に入れる準備をする店である。気が変わって、サフランライスを注文したらどうなるのだろうか。

開店以来、ほとんど例外なく「豆のカレー」を頼んできたが、今日は「本日のカレー」を注文してみた。すると、キッチンから、「ダール、ダール?」というネパール語が聞こえてくる。「ダール」以外は聞き取れないが、ダールじゃないの?　あの客はいつもダールだぞ、と言っていたにちがいない。それに対して、ウェイターが、ダールなんとかかんとか!　と言い、五、六回は「ダール」(=豆)と言い合っていて、おかしい。

「本日のカレー」は、サーグ（＝ホウレンソウ）とチキンであったが、こってりしたインドと異なり、水分が多く、すっきりとしたサーグであった。

注文の多い客

「野菜炒め定食お願いします。塩を少なめ、薄味にしてください。」
（店員が厨房に向かって行くと、その背中に向かって）
「味の素、入れなくていいですから。」
三秒後
「水ください。」（ウェイトレスが麦茶を持ってくる）
「水ください。」（この店では黙っていると麦茶が出てくる）
味に注文をつけてもよいのは、たぶん一皿二千円以上するような中級以上の店だろう。六百八十円の野菜炒め定食に許される注文は、大盛りか少なめ、という指示だけであると思う。
この、口うるさく、チマチマした、いかにも小市民風の会社員は、偶然、私の隣りのテーブルに現われたのではなく、あらゆる面でこだわりを減らしたほうが楽に生きられるぞ、という、私への神仏のメッセージである、と受け取った。

これからは、寛大に、学生の誤訳を糾弾したりせず、細かいことは大目に見て、やさしくするようにしよう。注文したものの納期が一日遅れたぐらいで大騒ぎするのもやめよう、と思った。

飲食店の店員

西洋人は、飲食店で店員にたいへん気をつかっているように見える。昔は、単にマナーがよいのだと思っていたが、理由はそれだけではないようである。あれは恐怖心、つまり、何をされるかわからない、という不信感があるからではないか。

フランスのレストランでは、嫌な客の料理に厨房で痰を吐くのよ、とフランス人が言っていたし、イタリア人も、イタリアでは、客席から厨房の見えないリストランテには入りたくない、と言っていた。床に落とした肉を出すかもしれないからだ、と言う。

これほどまでに、西洋人は、料理人や接客の人々を信用していない。彼らに愛想をよくし、挨拶をしていないと、何をされるかわからないのだ。

ひるがえって、日本では、そのような階級的対立があっても、その意識は激しくはなかったのではないだろうか。「お客様」という概念があり、商道徳が発達していた。ある程度の信頼関係があり、変なことはされないという安心感は、西洋より強かっただろう。

しかし、昨今は、日本も西洋的になってきている。実際に本人から聞いたが、学生アルバイトも、嫌な客には、裏でとんでもないことをするという。老舗料亭でさえ、料理の使い回しをするような時代だ。学生がアルバイトするような店では、何をしているか、わかったものではない。

ダル・マット

Dal Mattoという、創作イタリア料理店に行く。二週間前に知人が予約を取ってくれたのだが、これはどうも、奇跡に近い。数か月先まで予約でいっぱいなのではないだろうか（たぶん）。前回は、「しりとりパスタ」《ソーセージ↓(シェフの)実家から送ってきたブロッコリ↓リーキ↓木の芽↓メイ・クィーン》が出て、その遊び心と独創性に驚いたが、今回は、

リンゴを食べさせた信州の豚のパスタ

というもので、おそらく、化学飼料で汚染されていない豚肉、という意味だろう。美味である。

初めて見た若いウェイターが、オリーヴオイルの説明をする——Toscana, Emilia-Romagna, Sardegnaの三種類があるのだ。聞き逃したので、もう一度聞くと、「エミーリアロマーニャ」を「シチーリア」と言いまちがえたので面白かった。

もっとも、私の舌は、これらを味わい分けるほどの敏感さを持ってはいない。

ペロッと食べてしまうこと

西麻布のリストランテ。鹿とトリュフのパイ包みが出てくる。とても小さい(あるいは皿が大きい)。連れと、パクッと食べてしまう。ふたりとも、食べるのが早い。すると、そのパイ包みを運んできたウェイトレスが、

あ、ペロッと、食べましたね! あ、すみません。

と言った。たしかに、食べるのに二分もかかっていないと思うが、客に「ペロッと」と、ふつう言うだろうか。たぶん、よほど驚いたのだろう、「ええ、ペロッといただきました。おいしかったですよ」と、紳士の態度を保つことにした。

銀座の老舗

銀座ワシントン靴店に行く。亡くなった伯母がひいきにして、靴を造らせていた店である。しか

し、現在、一階から上はUNIQLOに貸している(と、初老の店員が寂しげに言った)。靴売り場は地下一階と地下二階にしかない。ちょっと気の毒である。

茶色の靴の先がほつれたというか、ささくれだってきて、とても人前に出せるものではなくなってきた。新学期も近いので、しかたなく、買うはめになる。どうして、出費というのはたたみかけるようにやってくるのか。ぼろぼろの鞄を買い換えたばかりである。

裕福だった伯母と違って、私は足の木型を造って注文するわけにはいかず、ECCOというデンマークの靴を買う(しかし、eccoというのはイタリア語だ)。たぶん、この店ではもっとも安い製品だろう。とても恥ずかしい。

店員がこれを薦めてきたところをみると、客をちょっと見ただけで懐具合がわかるにちがいない。さすがに銀座の老舗である。ふと、前の棚を見ると、十九万円という値札が目に入る。イタリア製。(いったい、誰が履くんだ、こんな靴)と思う。

帽子はトラヤ帽子店、靴はワシントン靴店、服は英国屋、鞄はどこそこ、と昔は決まっていたそうである。いまはすっかり多様化し、インターネットで買うほうが品数も多く、便利になってしまった。注文すると、日本各地から商品が送られてくる。

しかし、接客といい、話のおもしろさといい、信頼性といい、銀座の老舗のよさはまだまだ消えていない。

客の時計を見る

バーでアルバイトをしていた学生に聞いたのだが、客の腕時計と服装から収入を値踏みして、酒の出し方を変えた、という（高い酒を裕福そうな客に勧める）。

そのため、一瞬で何十という時計のブランドと値段がわかるよう訓練をしたという。自発的にやったことなのか、店の経営者に命令されたのかは聞きそびれた。

客が一人で来るようなバーなので、やはり、みんな暗く、うらぶれた人が多かったという。陰気くさい話をずいぶん聞かされたらしい。たぶん、バーも邪気に満ちていたのだろう。その学生の運も傾いていくようであったので（かばんを財布ごと置き忘れるなど）、明るい服を着て、仕事のあとは、入浴し、汗腺を開き、邪気を祓うよう、アドヴァイスした。

その後、そのバーを辞めたらしい。これで、学生の運も開けていくだろう。

才能を隠すウェイター

渋谷、Ｂｕｎｋａｍｕｒａ、「カフェ・ドゥ・マゴ」。毎週、真夏を除いて、昼をテラス席でいただくことにしている。真冬でも、ストーヴに当たりながら、意地のようにオムレツを食べている。

いろいろと話していると、顔なじみのウェイターの一人が、じつは画家でもあることが判明する。

じゃあ、ここは食うためにやっているんですか？　と、うっかり、ぶしつけなことを聞いてしまう。すると、接客にも同じぐらいの情熱がある、と答えた。改修工事されるため、カフェも来年は数か月閉鎖されてしまうが、その間は個展を開き、フランスに行くと言っていた。

もう一人の、非常に接客能力にすぐれた、てきぱきと動くウェイターは、昔、舞台に出ていたという。さすがに身のこなしが違う、と、あとから思う。

市井に埋もれている才能というものは、まったく計り知れない。

むずかしい、日常。

出藍の誉れ

旧住所から転送されてきた封筒のサイズが小さくて、気づかず、あやうく捨てそうになる。見ると、懐かしい差出人で、昔、非常勤先で教えた（らしい）学生である。私が行ったこともないアメリカの大学院に英語で推薦状を書かされたので、記憶に残っていた。なぜ、自分の大学の教官に頼まないのか、と聞くと、誰も知り合いがいないんです、と泣きついてきたのである。当時は、こんな人望のない学生は留学してもだめだろう、と思っていた。

しかし、手紙によると、経済学で博士号を取得し、現地の研究所で研究員として研究を続ける、と書いてある。すごい。もう、とても届かない世界に行ってしまった、と思う。数年後には、外資系シンクタンクとか、アイヴィーリーグの准教授にでもなるのだろう。十年近く前に、私が推薦状を書いたことを覚えていたということだけでも、元学生の知性、すくなくとも記憶力は証明されている。書いたほうの私は、何を書いたか、何一つ覚えていないのだから（たぶん、完璧な紳士で、どんな英文でもすらすら読めるなどと、褒めちぎったはずである）。

その後、日本の母校に戻って准教授になっているのを雑誌記事で知った。有名人らしい。

ナルシストな学生

筋骨隆々の体育会の学生が私の授業を受講している（裸を見たわけではないが、たぶん筋骨隆々だと思われる）。その学生と雑談をしていると、おもしろいことを教えてくれた。

キャンパスの中庭で、彼がタンクトップ一枚になると、まわりの男子学生は、逆にみんな服を着始める、というのだ。本物の筋肉を見せつけられて、いたたまれなくなるのだろう。その学生は、そのまわりの変化を楽しんでいるような口吻である。

（ナルシストなやつだ）と内心思ったが、口に出すのは悪いかな、と思い、とどまろうとしたものの、時すでに遅く、「君、ナルシスト？」と言ってしまっていた。すると、彼は悪びれもせずに、ええ、そういうほうかもしれません、と言った。いまは、どこかの大学院にいるらしい。

テクストの基準

まだ一月だが、もう来年度のテクストや授業内容を決めなくてはならない。入試も始まっていない（＝学生が確定していない）のに早すぎて、とても気が乗らない。

私が大学院の時、ということはかなり昔になるが、教授が四月下旬ごろ、ふらりと小一時間も遅れて入ってきて、受講者（二、三人である）の興味や専門を聞いてから、じゃあ、今年はラテン語で何か読みましょうか、という具合に、その場でテーマが決まったものである。シラバスなどというものはなかった。

いま思えば、ものすごい横綱相撲の教授である。なんでも来い、なのだ。私にはとてもこんなことはできない。

使ったことのあるテクストは安心だが、初めて使う時は内心緊張する、というか、心配である。いくらこちらがよいと思っていても、教室で使ってみると、学生の反応が悪かったりするのだ。また、ぜひこれを使いたい、最高だ、というテクストの値段を調べると、一万円を超えていて、使えないこともある。特に、高額なテクストを使うな、という決まりはないが、たぶん三千円あたりを超えると、ちょっと気の毒で指定しづらくなる。といって、数十ページを助手に印刷させでもしたら、著作権に抵触してしまう。

安く、何年間も使えそうで、あまり厚くなく、情報が古すぎず、という要素をすべて満たした本を探すのはなかなかむずかしく、結局、どこかで妥協することになる。教歴の長い教授は、講義ノートをもとに、自分でテクストを執筆してしまうが、その気持ちがわかる。あれは、学生に売りつけるためだ、という人もいるが、善意に解釈すれば、好みのテクストがなく、自分で作った、ということだろう。自分が気にいったテクストでないと、授業にも熱が入らないものである。

マッキントッシュ

高田明和という浜松医科大学名誉教授の本は、生理学関係の専門書を除いて、すべて読んでいると思う（一部は古書店に売却したが）。最近、やるべきことを先延ばしにしない、苦しいことにはみずから飛び込め、という禅僧の言葉を紹介していた。現役時代の著作とはすっかり変わって、定年後は、春秋社など、仏教書の多い書店から出版している。もう在家の僧侶になっている感じである。

苦しみにみずから飛び込んだ例として、十年間マッキントッシュを使っていたけれども、汎用性の高いウィンドウズに変えた、と書いている。変えなくては、と思いながら、先延ばしにしていたそうだ。医師とアーティストはマックユーザーが多い、というのは二十年前から定説だった。やはり、マックを捨てることは「苦しみ」なのだろう。

学生でも、ちょっとセンスがいいとか、アートな感じの学生は、マッキントッシュのノートブックを持ち歩いている。カフェで使うのにも、マックなら格好がいい。

たしかに、マッキントッシュはソフトウェアが少なく、不便を感じることはある。EGWordというワープロソフトを二十三年間使っていたが、そのエルゴソフト社が、生産もアップグレードも、突如やめてしまった。MSWordは西欧語なら十分だが、日本語を書くのには不便である。まだ、ぎこちない感じがするのだ。こなれていない翻訳を読むような感じの使い心地である。その点、グッドデザイン賞を何度も受賞したEGWordは、縦書きもスムーズで、使い勝手がとてもよかった。しかし、世間の流れには逆らえないので、いまはファイルを徐々にMSWordへ変換し、保存している（ただ、高田教授と違って、マッキントッシュのままである）。過去の定期試験、資料、シラバス、その他、永久的に保存すべきものが多く、これから先、開けなくなるかもしれないファイルに託することは不安だからである。

教養の危機

ロンドン大学の古文書学教授のポストが廃止される、ということをめぐり、文芸新聞上で、反対・賛成という投書の応酬が交わされている。ほとんどがこういう実用主義の風潮に反対なのだが、中世以来、大学は実用的で役に立つこと（神学や医学など）を教えてきた、という反論もあった。

いまは、世界中、どこの大学でも、すぐに役に立たない授業は開講中止である。特に、哲学、文学、言語学、日本語あたりが壊滅的らしい。いっぽう、中国語、経営、情報関係は大盛況だ。

最近、教養文化系のゼミナールに入室した学生が、親から、もっと堅いこと（経済とか、法律とか）をやれ、と介入を受け、泣く泣くその担当教授に辞退を申し出たという泣ける話を聞いた。

しかし、特化した専門科目はすぐに役に立たなくなる。教養科目は古代中世以来の歴史があり、人間の本質が変わらないかぎり、死ぬまで「役に立つ」と言えるのではないだろうか。

にゃんこ

毎週、某女子大学に行くと、石段の手すりの台座のようなところに猫がゆったりと坐っていて、上ってゆく学生へ顔を向けている（が、興味はなさそうにしている）。寝ていたり、起きていたりと、日によっていろいろなのだが、私が撫でると、どう見ても、露骨に嫌そうな顔をする。

すこし観察してみると、学生たちは、まったく見ることもせず、そのまま通り過ぎる。（薄情じゃないか、ちょっと）と思ったが、考えてみると、彼女たちは、毎日、顔を合わせているのだろう。週一回だけ、非常勤講師として来る私とは違う。

それにしても、誰も餌をあげたりせず、撫でもしないのに、わざわざ触られやすい位置にいるのが不思議である。猫好きの養老猛教授が、『うちのまる』という猫の写真集に書いている——猫はかなりの目立ちたがりである、と。写真などを撮ると、常に中心に坐っているそうである。

学部学生のころ、アメリカ人神父の教授が、毎朝、学内にある神父たちのアパートの（というより修道院と言うべきかもしれないが）入り口に坐って、人々と雑談するのを見かけた。マイペースな猫と違って、話しかけてくれる同僚や学生がいなかったら、神父も、毎朝、坐ったりはしなかっただろう。いや、朝が早い神父なので、誰もいない時刻から坐っていたのだろうか。サンタクロースのような容貌の人だった。

医務室の無慈悲

研究室で、定期試験の「責任者」を務めていると（待機するだけである）、退屈のストレスで熱が出る。

学内の診療所に行くと、体温計を渡される。三十八度あることがわかると、看護師たちは、急に私から遠ざかるようにして、窓越しに、インフルエンザでしょうから、ここではどうにもなりません。外の病院に行ってください、と言う。私はふらふらで、立っているのがやっとである。よく、こんな冷たい態度がとれるものだ。

正門からタクシーに乗って、高速道路を走り、大学病院に着く。五千円近い料金がかかる。救急外来に行くと、感染症の医師に診てもらえ、と言われ、マラリアとインフルエンザの検査をされる（数週間前にバハマに行った、と告げたためである）。

一時間待って、結果を聞くと、インフルエンザでも、マラリアでもなく、単なる風邪だと言われる。血液検査で、六千円の料金がかかる。

思えば、私は体質的にあまり熱が出ず、インフルエンザに罹ったことも、たぶんないと思うのだが、三十八度はかなりつらい。インフルエンザのつらさはどんなものなのかと思わされた。しかし、もちろん歩く気力などないので、しかたなくタクシーで家まで帰る。四千円の料金がかかる。

医師免許もないのに、素人判断でインフルエンザと決めつけ、医師に会わせようともせず、一万五千円の出費を押しつける結果となった看護師への不信感は、つのるばかりであった。

「健康」診断

健康診断がある。毎年のことなのだが、聞いてみると、十年以上、一回も受けたことがない、などという同僚が複数いる。きっと神経が太く、ストレスもなくて長生きするだろう。

いっぽうで、組合の補助を受けて、人間ドックを個別に受けている慎重な人もいる。大学の検診を信頼していないか、家族思いなのだ。

聞いてみると、医師は検診をほとんど受けていないという。これは、紺屋の白袴、医者の不養生、ということもあるが、検査で何か見つかっても、余命に違いがない、というような科学的なデータをひそかに持っているからではないか。健康診断は意味がない、と言う医師は多い（意味がある、と言う医師も多い）。

また、「健康診断」という名称も微妙である。ドイツ語で、健康保険証を、

Krankenversicherungskarte　病気保険カード

と言うが、たしかに「健康」なら保険証は要らない。しかし、「健康診断」を「病気診断」などと呼ぶと、受診する人はますます少なくなってしまうだろう。

人間ドック

人間ドックに「入る」。ドックはdockだから、体を船に喩えた比喩だろう。職場検診では男女別だったが、この大学病院は「混診」である。性別の区別をされず、同一のガウンのようなものを着せられ、単なる標本、ないし動物扱いされている気分になる。

血圧が高いから、窓の外を見て、気分を変えてください、と妙な命令をされて驚く。二十秒ぐらいで、百三十から百三に下がる。高血圧の人には、窓外の景色が血圧を下げるのに効くことを教えてあげたい。

胃透視では、カメラの横にしゃもじのようなものがついていて、気になり、不安を覚える。こんなものはいままで見たことがない。最後のほうで、このしゃもじが突如伸び始め、私の腹を押さえる。故障でもして、強く押されすぎると圧死するな、とまた不安になる。きっと、胃を外から押さえて、バリウムを胃壁に浸透させるのだろう。

二時間待って、検査結果が出る。医師と面会すると、脂肪肝で、悪玉コレステロールが多い、と言う。百五十九以下というのが、百六十なのである。海藻と豆を食べ、運動しなさい、と言われる。

朝昼晩の食事は、比率を三・四・三にすべきだと言う。

これは、まるでひと昔前のヨーロッパ大陸の食事である。昼を正餐にしなさい、と言うのだから。しかし、昼に重いものを食べると、きっと授業にならないだろう。いまはたぶん、一・三・六ぐらいになっているはずだ。

結婚をわびる青年

二十代中ごろの事務職員が、ふと見ると、ピカピカ光る指輪を左手薬指にしている、というより、ふと見て、(どこにしているのかな、左薬指だ! と思った、と言うほうが正確である)。思わず、え! 結婚したの? と聞くと、はい……、と言ったあと、やや沈黙し、

「すみません……」

と、言った。

なぜ謝るのだろうか。いい年をして独身の私より、早く結婚してしまって悪い、とでも思ったのだろうか。だとすれば、結婚が未婚より幸福である、という不確かな前提を立てているわけで、たしかに失礼だ、という気もする。それにしても、真冬に結婚するとは、きっと「できちゃった婚」にちがいない。

私の、「結婚したの？」という声に、心なしか、きつい口調を感じたのかもしれない（ただ驚いただけで、「なんだ、おまえは。こんなに早く結婚しやがって」などという嫉妬心など、あるはずがない）。

彼がこの文を読む可能性はないと思うが、結婚生活は忍耐だと聞く。心から祝福し、忍耐、妥協しあって、ときおり訪れる（らしい）幸福な時を楽しめるよう、願いたい。

数学（者）

羨んでばかりいてもしかたがないのだが、知り合いの数学者が、四年ぶりにまともな論文が書けた、と言って喜んでいる。よほど嬉しいらしく、その英文の論文を頼みもしないのに見せてくれた。海外のきちんとした学術誌に投稿するらしい。よくわからないが、確実に掲載されるだろう。ある学者が証明した定理を一般次元（n次元）にまで、「ほぼ」一般化することに成功したという。

みずから定理を予想し、それを数年かけて証明した爽快さが伝わってくるようであった。理論系の学者のこういう面は羨ましい。与えられた問題を解くのが数学だと誤解している人が多いが、逆である。何かを予想し、成り立てば美しいな、と美的感覚をもって考え、成り立つかどうか、証明するのである。

もちろん、成り立たない場合のほうが多いだろう。また、成り立つはずだが、どうしても証明できない、ということもあるのかもしれない。そのあたりはまったくわからない。いずれにしても、危険な香りはするが、魅力的な世界である。

お見合い

試験開始まで、あと八、九分もある。解答用紙も、問題冊子も、すべて配布が終わっている。一年で、もっとも気まずい時間だ。

向かい合ったまま、下を向いたり、窓外を見たり、床を見たり、天井まで見て、受験生と目を合わさないようにする。どうも、こちらを観察している気配のする生徒が数人いる。あまりに沈黙が重くなると、

＊＊大学　万歳！　とか、＊＊＊＊　万歳！

などと絶叫したくなる、なまなましい衝動にかられる。別に「＊＊」のところは、大統領でも何でもいい。両手をあげて、「万歳！」と叫びたくなるだけである。その時の受験生の驚愕の表情を想像すると、思わず含み笑いが出てしまう。

あとで、同僚に、何笑ってたんですかひとりで、とばれてしまった。吹き出す寸前だったのだ。マイクを切っておいてよかった。

開始時間となると、解放されて、ほっとする。開始時間になっても、まだ解答用紙を配り終えていなかった、というクレームが出ることがあるが、それを避けるには、いくら気まずくとも、早めに配ってしまうしかない。早すぎる、というクレームは、いまのところ、ない。

読みにくい答案

ほんとうに、答案は読みやすい字で書かないと、どんな不利益を被るかわからない。「モチ一つを描く技巧」と答案を書き出していたので、(なんだ、暑さで頭がやられたんじゃないか)と思い、あとを読まずに0点にしたが、ふと思い返して、よく見ると、「モチーフ」だった。命拾いをした運のよい学生である。

縦書きだとよくわからないが、横書きだと、「モチ一つ」と「モチーフ」は、とてもよく似ている。しかし、私が、ふと思い返さなければ、この部分は0点だったことを考えると、本人はぞっとするだろう。

やはり、運というものはある。私に、ふと思い返させたのは、この学生、あるいは私のガーディアンスピリット(守護霊)か、ガイドスピリット(指導霊)のどちらかだろう。

生牡蠣

鰻屋に行くと、「生ガキ三陸産」と書いてある。鰻と生牡蠣では精力のつけすぎかとも思ったが、採点答案は山をなし、原稿の締め切りも、来年度のカリキュラム編成も近い。夜はドイツ語のセミプライヴェートレッスンもある。食べることにする。

鰻より先に牡蠣が出てくる。皿に三つあったのを二分以内で食べたかもしれない。煮たり、フライにした牡蠣は食べられないのだが、生なら大好物なのだ。

このメニューは、テーブルの上の目立たない紙に小さく書いてある。隣りのカップルが、ちらりと私の牡蠣を見たのに気づいた。

十分後、精力をつけたいその男女のもとに、生牡蠣が運ばれてきたのは言うまでもない。

ヰタ・セクスアリス

『ヰタ・セクスアリス』という作品は、高校の日本文学史に出てくるので、名前だけはみんな知っているだろう。鷗外はドイツへ留学しているので、ドイツあたりの「アリス」という少女の話かとずっと思っていた。教科書では『舞姫』を読まされるのだから、こう想像しても、的外れではないだろう。

しかし、これが“vita sexualis”「性(的)生活」というラテン語であるのを知ったのは、大学に入ってからである。文学史もタイトルを列挙するだけでなく、抜粋ぐらいは読ませる必要がある。でないと、アリスという女の生涯だと一生勘違いしたままの人も出かねない。

いま読み返すと、当時はドイツ人教師が化学を教えていたり、非常にインターナショナルだったことがわかる。私はドイツ語教員でもなんでもないが、昨今は、中国語に押されて、大学ではすっかり人気のないドイツ語の復権を願いたい。

カラオケ

ゼミナールの打ち上げのランチのあと、学生にカラオケへ連行される。学生たちの歌う歌は、誰の何の曲だかさっぱりわからないので、聞いていると苦痛になる。また、歌っている最中にトイレに行くわけにもいかず、聞き通す。ところが、学生たちは、誰かが歌っていても平気で中座している。マナーも変わってきているようだ。

十年か二十年ぐらい前は、一曲ごとに(気持ちのこもらない適当な)拍手をしていたが、いまの学生はしない。かってに歌う感じで、ドライだ。「ヒトカラ」と言って、一人だけの個室で歌う人もいるらしいが、これは当然の流れだろう。人と一緒に歌っていても、聞いておらず、拍手することもなければ、一人でいるのとあまり変わらない。エコーがかけられるのだから、拍手の音が出る機能もつければよいだろうと思う。

私がカラオケに付き合うことがあるのは、歌詞を目で見て、詩として鑑賞するためである。歌詞には、たまには、詩のレヴェルに達しているものもある。それを見つけるのは、とても楽しい。

カラオケの人間模様

今年はカラオケに連れ込まれることの多い年である。これまで、四、五年は行っていなかっただろう。同僚の歌う歌は、ほとんど馴染みがない。世代差は、上に五、六年、下に十年ぐらいで、かなり大きい。

古すぎて知らないか、新しすぎて知らないか、である。同年代が一人もいないのだ。こういう時、同世代の友人、知人の大切さを痛感する。

どういうわけか、私はアニメソングしか歌わない、という伝説が確立しており、それを知っている教員が、かってに、「よあけのみち（フランダースの犬）」を入力したので、歌わざるをえなくなる。本気を出せば、私だって、ザ・ブルーハーツが歌えるんだぞ。

フランス語の教員が、シャンソンを自分で入れておきながら、途中から歌えなくなり、また私が歌わされてしまう。歌えない曲を入れてしまう人が、昔からけっこういるのには驚かされる。試しに歌ってみよう、と思うのだろうか。そういうのは、一人カラオケの時にしたほうがいいだろう。

こうした、さまざまな駆け引き、性格、本性、トイレに行くタイミングなど、カラオケは人間の本質、人柄がよくわかる。仲間を観察しているほうが、歌うよりもよほど楽しい。

動かない学生

夜遅く（と言っても、七時ごろだが）授業が終わる。ふと見ると、縦に長い教室の一番うしろで、男子学生が一人、机に突っ伏して死んでいる。

じっと見ていても、身動きしないので、ほんとうに不安になり、学生二人を居残らせ、証人に仕立て、肩を叩くが、起きない。（やはり、死んでいる？）と、いっそう不安になる。

さらに二回、強めに叩くと、ようやく目を覚ます。熟睡もいいところだ。

さて、もし、私が一人だけ教室に残って、この学生を起こそうとして、ほんとうに死んでいた場合、私は第一発見者ということで、疑われることまちがいなしだ。ましてや女子学生なら、何をでっちあげられるかわからない。

病人や、あぶなそうな学生の下宿を訪れなくてはならない時は、かならず第三者と一緒に行く、というのは、昨年、学生課からのアドヴァイスで学んだことである。

センターテーブル

ソファーのテーブルは、ソファーの座面よりはたいてい低い。そこにコーヒーなどを供された時、どうするか。コーヒーカップやティーカップだけをテーブルから離して口元に運ぶのは、こぼしたり、震えたりと、たいへんである。正解は、ソーサーごと膝のあたりに運び、そこからカップを口へ持っていく、であろう。来客は、たいてい学生なので、そういう飲み方を知らない。私は小笠原流や正式な英国流マナーは知らないが、たぶん似たようなことを言うのではないか。

私がそのように飲んでいるのを見て、すぐまねる賢明な学生もいれば、なかなか気づかずに、苦労している者もいる。こうしたら飲みやすいですよ、と言ってもよいのだが、自分で気づいたほうが身につくし、飲み方まで説教されるのはきっと嫌だろう。

急いで付け加えると、飲むのに四苦八苦している学生を、サディスティックににやにやしながら見ているわけではない。早く気づけ！　と念を送っている、と言ったほうが近い。

人の家で寝てしまう青年

訪問してきた男子学生が、ソファに坐ったまま寝てしまう。うちに来て眠ったのは、彼が初めてである。たぶん、これからもいないだろう（泥酔して転がり込んできた場合を除く）。

家には酒がなく、珈琲、スパイスハーブティー、間が持たないので、さらに、マサラチャイ、サンペレグリーノ、緑茶などでもてなす。カフェインたっぷりのはずである。

コンティネンタルタンゴがかかっているうちは起きていたが、フジ子・ヘミングをかければ話がはずむかな、と思ったら、裏目に出て、寝てしまった。ほとんど会話が成り立っていない。無言のほうが絶対に長かった、と断言できる（断言しても、どうなるものでもないが）。

ようやく、夜十二時を過ぎて、学生が帰る。

というか、彼は自分から、帰ります、とは絶対に言わなかった。下手をすると、泊まられてしまいそうだ、と焦った私が、終電は何時ですか、と聞いて、それに間に合うよう、帰りたくないオーラを出している彼に、タクシーを呼んだのである。翌朝までソファーにいられたらたまらない。私の性格上、学生であっても、いちおう客である。帰れ、と言えるはずがない。やっと帰ってくれた、という感じ。

昔、客に帰ってほしい時は、ほうきを逆さまにして手ぬぐいをかけた、というが、その気持ちがよくわかった。帰ってください、とはなかなか言えないものだ。

思い出せない名前

見覚えのある学生と正門で、偶然、目が合い、カフェに行く。もちろん、名前は覚えていない。

懸命に、歩きながら思い出そうとする。猛暑で、よけいに汗をかく。

ジャズの流れる古いタイプのカフェに入る。学生が、陶器のカップでコーヒーを飲んだのは初めてだ、というので驚く。家では、母親が取っ手を洗うのを面倒くさがるので、湯呑みでコーヒーを飲んでいるという。気の毒である。こういう不憫な若者を養子にしたい、と一瞬、思う。私なら、取っ手ぐらい、いくらでも洗うだろう。というか、毎日、自分のカップやマグの取っ手（だけでなく、もちろん）内側も洗っている。一つが二つになっても、どうということはない。

というようなことを、二時間話していても、この学生の名前が思い出せない。教室の一番前にいたのだが、忘れた。一番前でなければ、クラスにいたことさえ忘れていたかもしれない。君は、君が、君の、と言い続けるのは気まずい。向こうも、たぶん名前を忘れているな、と気づいたはずだ。

帰宅し、ソファでうつらうつらしていると、突如として、彼の試験の答案のイメージがよみがえり、姓名ともに、思い出した。じつに、六時間後のことであった。

新学期のスリル

春季休暇が終わると、独楽《こま》か、ベルトコンヴェアーという感じになる。乗ったら、夏休みまで下りられない、止まると倒れる、という感じ。

一日が、分単位で管理されてしまうからだろう。行きたくなくとも、定刻には研究室や講師控え室を出なくてはならないし、(あまりないことだが) もっと進みたくても、定刻には授業を打ち切らなくてはならない。

また、新学期でハラハラするのは、教室のドアを開ける瞬間である。そこに、受講生が一人もいない時があるのだ (特に大学院の場合)。シーンとした演習室で、一人黙考、妄想すると、シラバスの書き方がまずかったのか、人間的に魅力がないのか、授業内容がつまらないのか、私の専門分野が時代に合っていないのか、などと無限に自問するはめになる。

昔、ある教授は、工学部の専門を決める時、希望者がいない研究室にかわいそうなので入ったという。しかし、私は、同情心で授業に来てくれるぐらいなら、むしろ開講せず、早く家に帰って、昼寝でもしていたほうがましだと思ってしまう。

招かれて辞めること

十年ぐらい前の某大学。カナダ人女性講師が、休憩時間、われわれ非常勤講師仲間と雑談しすぎて授業に遅れるので、くびになるらしい、と聞いた。そういえば、専任の女性教員が、腰に手を当てて、まるで漫画のような格好で、われわれを凝視していることがあった。雑談している、ということは、相手 (私たちのことである) が必要なのに、くびになるのが彼女だけというのは不思議である。彼女は、いわば、スケープゴートだろう。あるいは、ほかにも (教え方など) 理由があったのかもしれない。

クビなんですか？　と、その女性教員に聞くと、

No. I was INVITED to leave. いえ、お辞めになってもいいですよ、とご配慮いただいたの。

と応える。まったく煮ても焼いても食えない人だ、と思った。

慣れないところに行くと

国立博物館の法隆寺宝物殿にある、隠れ家的なカフェに三時間半もいた。ずっと立ったまま東大寺展を観たのに、私のゼミナールの学生たちはまだまだ元気である。しかしながら、二十歳そこらなのに、生まれ変わったら、芸大に行きたい、金持ちに生まれたい、(動物の)ナマケモノになりたい(働かずにすむから)、などと言っている。

君たちは、願望実現への意志が弱すぎる、と説教を垂れておいた。行きたければ、いまからでも芸大を受験したらどうだろうか。ナマケモノにはなれないだろうが。みんな、ふだん来たこともないところに来て、一時的に狂ってしまっているのだろう。

新入社員

三年のゼミ生が、新卒以外も企業は大切にしてほしいですよね、とつぶやいた。それで、ふと思いついたが、日本人は、新米、新じゃが、新茶、初鰹、初荷、初日の出、新人、初日というように、出たばかり、とか、新しいものを信仰的レヴェルで珍重している。

おそらく、新卒重視という現象もその延長にあるのだから、これは三千年以上続く伝統で、覆すのはむずかしい。頑張って内定を勝ち取るしかないぞ、とネジを巻いておいた。

有限か無限か

数学者と雑談する。双子素数、というものがあり、三・五、七・九、十一・十三、十七・十九、一〇一・一〇三、というように、差が二になるペアのことで、これが有限なのか、無限に存在するのか、まだ証明されていないという。

また、偶数は、二つの素数の和で表わせるが、(八＝三＋五、十二＝五＋七、二十四＝七＋十七……)、こういう偶数も無限にあるかどうか、証明されていないらしい。

この数学者は、私が文系なので、こういう、中学生にもわかる例を出したのだろうが、リーマン予想などといった、素人の考えも及ばないレヴェルで、まだ多くの未解決問題があるのだろう、と思わされた。

しかし、有限か無限か、というのはどういうことだろうか。無限にある、というのと、限られている、というのとでは、数学の体系をひっくりかえすような質的な差があるのだろうか。数は無限にあるが、その中の、ある条件下にある数は無限ではない、ということは、それほど重要なのだろうか、そのあたりは、聞き損ねてしまった。

勉強と研究の違い

数学者の広中平祐教授。フィールズ賞を受賞した天才である。

京大の院生のころ、財布か何かをキャンパス内で落としたらしいのだが、うしろから走ってきた女児に、「おじさーん！　これ、おじさんのやろ?」と言われた。教授はたぶん、当時、二十代中ごろだろうが、自分は「おじさん」と呼ばれる価値があるだろうか、と自問し、いままで以上に研究に没頭した、という。

それまでは、人の論文を読んで理解する（だけでも、数学ではたいへんらしい）だけだったが、「おじさん事件」以降は、拙くとも自分の論文を書くようにした、という。「勉強」から「研究」に質が変わったのである。

こんな些事が人生の転機になるのだ。しかし、それは、教授がずっと、これでいいのか、と自問を続けていたからだろう。少女はきっかけの火花にすぎない。転機の爆発が起こるには、ガソリン（＝それまでの産みの苦しみ）が必要だ。

私も、いろいろとテクストを読んで、いちおう勉強はしているが、これだけでは「研究」とは言えない。やはり、誰も言ったことのない事実を見つけて論文にする必要がある。しかし、ほんとうのことを言えば、いろいろなテクストを読んでいるだけというのが一番楽しい。

むずかしい、人生。

突然襲ってくる笑いの発作

どうということのない言葉が、おかしくてたまらなくなることがある。知人が、「電車で読むと（笑ってしまうので）危険な本」というおもしろい表現を使っていたが、そういうことがよくある。

オハイオ州に滞在中、ショッピングモール内の「パネーラ」というしゃれたカフェで、内館牧子『養老院より大学院』を読んでいると、彼女が冬の東北大学構内から出る時の描写に、

雪が足の下でジャリッと滑る

というような部分があって、これがつぼにはまってしまう。真っ赤になって笑いをこらえていると、左右の中年女性四人が、こころなしか、離れていくような気がした。咳でごまかしても、上半身が明らかに震えているので、発作か何かだと思ったにちがいない。

おもしろいのは、この台詞を数か月のちに読むと、まったくおかしいとは思わない可能性が強いことである（現にいま、この原稿を読み返している段階で、すでにおかしくない）。なんでもない

ことがおかしいのは、私がいまアメリカの田舎にいて、単調な文化に精神が麻痺しているからというだけではなく、日本でも、笑いの発作に襲われることはある。自信を持って言えるが、他人なら、何がおかしいの？　というようなことが引き金になる。

おそらく、そういう時、人の心は、とにかく笑いたいと思っているのではないか。そして、なんでもないきっかけをつかんで、腹が痛くなるほど笑うのではないだろうか。怒る人は、怒りたいと決めていて、怒りの対象はあとから見つける、という説もあるのだから、それと同じではないだろうか。

売った本を買う

中古書籍の専門店で、なんとなく見たことのある表紙だとは思ったが、假屋崎省吾『幸せの美学』を衝動買いする。

カフェで読み進めてみると、この本は、数か月前、私がみずからこの店舗に売り払った本そのものであることがわかった。七十円で買い取られ、八百円で買ったので、定価の千三百円と合わせると、二千三十円でこの本一冊を買ったことになる。ひどい話だ。

同じ本を、二冊買ってしまう、というのは、教員の間でよく笑い話になる。それは、持っているのを忘れて買ってしまったり、もっと多いのは、どこかにあるはずだが、探しても見つからないので、買う、のどちらかである。

しかし、今回のように、自分が売った本を自分で買ってしまった、というのはかなり恥ずかしくて、どんなことがあっても、絶対、同僚に話すことはできない。

節約の方法

リーマンブラザーズが破綻して以来、窮乏生活を強いられている。四か所に分散している銀行預金の一つの残高がゼロになったのである。株の暴落や、円高のせいではなく、浪費のせいだ。美や文化や快適さを追及すると、金がかかるのである。

幸い、窮乏生活は大学院生時代以来、慣れている。立食蕎麦、吉野家、ドトール、と、日本にはいくらでも食費を浮かす手段がある。インド料理をあきらめ、小岩井農場の野菜ジュースをあきらめ、有機野菜をあきらめて、安い「東急スペシャル」に代える。成城石井や高級スーパーの紀ノ国屋には入らない。百貨店にも行かない。授業が終わっても、寄り道をしない。

スポーツクラブで、タオルをレンタルするのをやめ、かさばるバスタオルを家から持参する。高い無添加食材のレストランに行かない。窮乏生活は、体に悪いものを増やし、健康被害をもたらす惧《おそ》れもあるが、破産するよりはましだ。

病院では不要な薬を断わり、自販機で買わなくてすむように、家からペットボトルを持ち歩く。

世界中の古書店から送られてくる目録、メール、特に英米仏独のアマゾンからの新刊案内のメールは見ない（見ると、つい注文してしまう）。

という、涙ぐましい生活を数日続け、金銭に愛情をもって、惜しみつつ使うようにすると、たちまち、金運がよくなるのを感じる。明らかに、金銭には、集合的意識、というか、心がある。

届いた給与明細には、半年分の交通費が計上されており、ふだんより九万円ほど多い。これで赤字分は相殺できる。また、中古専門書店に不要なＣＤと本を売ると、五千円になる。最高記録である。

しかし、ここで儲かった気になり、インド料理などを食べに行ったり、贅沢品を買うと、また金運が下がるのは、経験上、よくわかっている。これでもか、というように、しつこく重ねて節約するのが、窮乏生活を乗り切り、金銭がふたたび集まってくるこつである（たぶん）。

人に酔う

考えてみると、私は人脈を築くどころか、ただでさえ乏しい人脈を壊すような人生を歩んできた。もちろん、悪気はないのだが、幼稚園時代からいまも、「元気に挨拶」できたためしがない。向こうから知り合いが来ると、下を向いたり（さすがに横を向くことはないが）、そっと横道にそれたり、引き返すこともある。くせというより、なんとなく本能的な動きである。しかし、悪気があろうとなかろうと、表面で判断するのが実社会だ。

自分でもよくわからないが、前世では、人に会わない生活だったのはまちがいない。あるいは、実際に存在するらしいが、いっさい口を聞いてはいけない修道院にいたのだろうか（そこでは、手の合図が言語の代わりとなる）。

最近は、努力して、多少、改善されたと思うが、かつてはいつも眉間に皺が寄っていた（と、言われた）。いまも油断すると寄ってしまい、人が遠ざかる。

いちばん人脈をそこなっていると思われるのが、立食(たちぐい)パーティである。学会などの懇親会だが、ほとんど出ない。これでは、人とのつながりを築くのは無理だろう。また、まれに出席しても、知人が少なく、酒も飲めないので、会場の隅でウーロン茶を飲んでいる。先生、何かお持ちしましょうか？　などと言って近づいてくるのは、大学(院)生だけだ。

こういう場では、ワイングラスを片手に、談論風発でなければ、たぶん、だめだろう。要するに、コネクションをつくる努力を放棄してきただけの話。待っているばかりの人生だった。

外国の学者にも知り合いがいない。そもそも留学をしそこなっている。外国や日本の学会で、ちょっとしたきっかけをとらえて、名刺を交換し、クリスマスカードをやり取りして親しくなるなどしたことがない。そういうことをさぼらなかった学者は、よくわからないが、たぶん仕事がしやすくなるだろう。

こんなことを考えたのは、もう遅すぎるのだが、美輪明宏先生の人脈のすごさ、華麗さを、最近、再認識したからである。気の利いた受け応え、ウィット、ユーモア、美貌が人をひきつける。ゲイの人々の人脈作りのうまさは、特にすぐれているように見える。假屋崎省吾氏を見ていても、けっしてキーパーソンは外さず、よい仕事のチャンスを得ているのがわかる。

仕事は人が与えてくれる、という事実を、私は軽く考えすぎていたようである。しかし、こういう人生の失敗を学生に披露するのはちょっと気が引ける。しかし、同じ轍は踏んでほしくない。どう伝えたらよいだろうか。もっとも、私と同じ轍を踏むようなひどい社交下手は、ゼミナールの学生には、たぶん、いないだろうとも思った。

名字と名前の順番

「ウェンツ瑛士」というタレントがいる。この名前は、いちおう、苗字・名前という日本の伝統的な語順である。「滝川クリステル」も本来の語順だが、名前のほうが日本語ではない。戸籍では、どういう表記になっているのだろうか。

いっぽう、「ペギー葉山」はその逆である。こういう芸名のほうが（滝川クリステルが芸名かどうか知らないが）、かつては圧倒的に多かった。米軍キャンプ回りをしていた人たちの影響だろうか。メイ牛山、フランキー堺、アントニオ古賀。時代は変わってきている。ここで、「クリステル滝川」とひっくりかえすと、なんとなく固さがとれてしまう、というか、俗臭が出てくるのがわかる。

最近の目新しい例では、「クルム伊達公子」というのがある。これは苗字・苗字・名前で、ミドルネームのある西洋型をひっくりかえしたようなものだろう。「伊達クルム公子」にしなかったわけが気になる。たぶん、これだと、「クルム」がミドルネーム扱いになるのを（夫が）嫌ったのだろうか。あるいは知名度のある「伊達公子」のつながりを崩したくなかったのだろうか。

そういえば、江戸時代以前は、まるでミドルネームのように官職名があり、織田上総介信長などと言ったが、いまは信長の官職名など知らない人のほうが多いだろう。いっぽう、吉良上野介などは、姓・官職名で呼ばれていて、名前を知っている人は少ない。学術書以外に、吉良上野介義央や吉良義央と書くことがあるのだろうか。浅野内匠頭（長矩）も同じである。

さらにさかのぼると、『古今和歌集』など、勅撰集の歌人名は（写本にもよるだろうが）、官職名のみ（右大臣）、姓名（きのとものり）、名前のみ（つらゆき）、と首尾一貫していない。

美と値段

ウィリアム・モリスの名言を、東京都立美術館が特別展のキャッチコピーに使っている——。
「役に立たないもの、美しいと思わないものを家においてはならない。」
原文が知りたくなって、『オックスフォード引用句辞典』第四版を引くと、
Have nothing in your houses that you do not know to be useful, or believe to be beautiful.

と載っている。もっと正確に訳せば、「家には、役に立つかどうかわからないもの、美しいとは思えないものを置くな。」となるだろう（あまり違いはないが）。

さて、これを実行に移すのは至難の業だ。膨大な金がかかる。「美しいものに安いものはない」というのが、ここ数年、私が涙とともに経験した事実である。

店で、これは、なんと美しい、と思って値段を見ると、とても買えるものではない。いっぽう、〝なんだ、この安っぽいソファは〟という時は、例外なく安い。しかし、〝なんだ、この貧相なアームチェアは〟と思うと、アンティークで数百万円ということもある。要するに、

美しいものは例外なく高く、醜いものさえ高いことがある。

のだ。

家具類のほかに、次元は下がるが、洗面所、風呂のまわりなども醜くなりやすいのだが、こういうところに金をかけるのも、なかなか悩ましい。ペーパータオルなどを捨てる洗面所のごみ箱など、百円ショップでも売っているのだろうが、あれでさえ、ヨーロッパの高級ホテルで使っているようなものがあり、ただのごみ箱が六万円もして、びっくりする。あれを洗面台下に置いたら、美しいだろう。

しかし、置いたとしても、そのうしろには貧相な洗濯機がある。洗濯機に美しいものはないのではないか。機械が醜いのは、機能だけを追求したものだからである。ごみ箱だけ美しいというのも、シュールな光景だ。

このように、すべてを美しいもので揃えるのは、金と時間がかかる。したがって、妥協点を見つけるしかない。モリスの美学を追及することができるのは億万長者で、かつ完璧な美学を持った人である。金しかない人、美学しかない人のどちらも、美しいものに囲まれて生きることはできない。エアコンなども、非常に美観を損ねる。壁から十センチ以上せり出しており、またパイプが目障りだ。壁のスイッチ類も醜い。いつか、著名なメイクアップアーティストの別荘を紹介していたが、部屋のスイッチ類はすべて、クローゼットの中に隠していた。さすがである。

モリスの時代（一八三四—一八九六）、すでに醜い機械は登場していた。というより、産業革命の生み出した醜悪な機械への反発から、モリスの美学が生まれたと言ってよい。機能、利便性、効率と、美をいかに共存させるか。あるいは、共存できないのか、というのが問題である。前者は、機能美という語を作って（悪く言うと）ごまかそうとしているが、これはこじつけだ、と美輪明宏先生も怒っていらっしゃる。同感である。

朝に聴く曲、夜に聴く曲。

朝、iPhoneでシャッフルをかけて曲を聴いていると、当然、朝にふさわしくない曲も出てきてしまう。朝からしんみりしたジャズヴォーカルを聴くと、体内時計が狂ってしまう気がする。しかし、シャッフルの楽しみを放棄する気にはなれない。何が出てくるかわからない楽しみがあるから、退屈な通勤にも変化が生まれて、働きに行かれるのだ。

一時期、朝、エラ・フィッツジェラルドが出てきたり、夜に「ウィリアム・テル序曲」が出てこないよう、「朝」と「夜」という「ジャンル」のファイルを作ったことがあった。しかし、やってみればわかるが、どちらにも分類しかねる曲が多く（例、グレゴリオ聖歌）、結局、そのファイルはやめてしまった。

つまり、朝も夜も聴きたい、という曲（例、モーツァルト）が数多くあって、朝のファイルに入れてしまうと、夜の帰宅時には聴けないという不便が生じる。ショパンや石井好子、金子由香利などのシャンソンなら、「夜」のファイルにすべて入れておいて違和感はないのだが。

運転手

最近、タクシーを利用することが多い。キャリア官僚は、自分の省から隣りの省庁へ行くにも黒塗りで移動する、と批判されていたが、地位の高い人が歩くわけにはいかないだろう。

タクシーの最大の利益は、電車内の不快なできごと（鞄をぶつけられる、痴漢とまちがえられる、くさい香水を無理やり嗅がされる、不快なメーキャップ作業を見せられる、うるさいアナウンス、見た瞬間にわかるカツラを見せられる、列に割り込まれる、など、数え挙げると一〇八個ある）が避けられるということである。これを避けるだけで、寿命が絶対に十年は伸びるはずだ。

道が渋滞していようと、どうということはない。周囲を気にせず、大声で携帯に向かって、渋滞で遅れます、と大学に連絡すればいい。ゆっくりモーツァルトが聴けて、新聞も読める。

したがって、私の最大の夢の一つは、運転手(兼秘書)を持つことである。秘書に運転させるのでもよいし、あるいは運転手が秘書をするのでもよい。車はプレジデントなどの黒塗りでなくてよい(黒塗りでもよい)。ただし、あまり安い車だと、運転手に拒絶されるおそれがある。明らかに、運転手をつけてもはずかしくない、というレヴェルの車は存在する。

すると、私の授業も理解できて、いざとなったら採点もできる運転手を探すことになるが、給料をいくら払えばいいのか見当もつかない。私の給料より高くつく可能性もある。その場合は、本職より多い副収入を得る必要が生じるが、電車内、駅構内の、蛮行から逃げる必要経費である。さて、どうすればよいか。

自分でしてはおかしいこと

幼稚園のころから、センチュリーやプレジデントが好きだった。車の話である。よく図鑑で眺めていたものだ。黒くて大きな車でないと興味がなかった。弟はランボルギーニとかの派手なスポーツカーに熱中していたが、あんなおもちゃみたいな車、と莫迦にしていたものである。

ハイヤーなどの黒い大型車に乗ったことは、子どものころ、一、二度しかないが(たしか伯母の葬儀の時)、まったく車酔いしたことがない。中型車以下だと(運転が滑らかでない場合)、いままでさえ車酔いしてしまう。特に小型車に乗せられると、まず確実である。ゆったりと大きな空間がないとだめなのだ。

いま住んでいる集合住宅を売りに出せば、センチュリーに乗れないことはないが、自分で運転したら、私が運転手になってしまうだろう(運転しているのはたしかに私だが)。白い手袋をしたら、確実に運転手だ。まずなによりも、運転免許を取得しなくてはならない。

つまり、黒くて大きい車に乗るには、運転手ごと買わねばならないという現実の厳しさを認識するまで、長い間、世間を甘く見ていたことになる(しかし、もっと高価なランボルギーニやフェラーリは自分で運転してもおかしくないが、なぜなのだろうか)。

同じ論法によって、クリストフルやマッピンアンドウェッブズの銀器を日常的に使っていても、自分で磨くと従僕になってしまう(私は主人と従僕の二役をこなしつつ磨いている)。自分で磨かなくてはならないような人は、買えても、買ってはいけないのかもしれない。

美術館でのふるまい

東京都美術館に、フェルメールを見に行く。デルフトなどにいた亜流の画家の作品もあったが、いっさい目を向けず、フェルメール七点だけにすべてのエネルギーを使う。亜流もフェルメールも、あまり区別なく観ている人が多いようだが、エネルギーのむだ使いではないだろうか。骨董商も、オークション会社も、後継者を育てる時は、偽物は見せず、本物だけを見せるそうである。

そもそも、フェルメールの前に、一分も立っている人がいない。私は、すこし離れて、前を人が平行移動する中、四、五分。そして、左右どちらかに寄って、さらに三、四分見る。最後に、最前列に行って、腰をかがめ、光が斜めにあたる位置から、筆遣いをチェックする。それでも、十分ぐらいしか、一つの作品にかけていないだろう。

構図などは、画集でもいろいろ考えられるので、本物を見る時は、立体ならではの特徴が見たい。絵の具の盛り上がり方、かすれ具合、筆の太さ細さ、等。そして、自分も目の前の絵を模写しているつもりで見る。すると、椅子がなければ疲れてしまって、とても見ていられない。

西洋の美術館では、よく模写している画学生がいるが、たぶん日本では不許可なのだろう。見たことがない。というか、きれいねー、とかなんとか、感想を陳《の》べあう人々に囲まれて、集中できないのではないか。しかし、きちんと鑑賞しているかどうかはともかく、日本人の美術(館)好きは世界一で、毎年、観客動員数の一位から三位は日本での展覧会であるらしいのはおもしろい。

尾形光琳

国立博物館で尾形光琳の「燕子花図屏風《かきつばたずびょうぶ》」を見る。フェルメールの時と同じく、いわゆる光琳の亜流、「琳派」には目もくれず、この屛風だけにすべてのエネルギーを使う。光琳のほかの作品も、ちらりと歩きながら見るだけだ。巨大なので、ディテールよりも、構図の美、配列の美、余白の美、である。近くで見ると、デザイン画のようにも見える。明らかに、これは離れて見る作品だ。

岡本太郎が絶賛していた抽象の美、ただならぬ気配、というものは私にはわからなかった。単なる写生ではないことは、私のような素人にもわかる。左右が微妙に連なり、左から右へと徐々に花の位置が低くなり、ふたたび高くなるようになっている。その躍動感がすばらしい。

気のせいかもしれないが、右側の花の色がやや薄いように感じる。遠景というわけではあるまい。しかし、平板な塗り方なのに、精神的な奥行き、迫る力はすごい。格が高い、と感じる。

光琳が、この作品で言いたかったことというのはあるのだろうか。『伊勢物語』の寓意というにすぎないのか。

今回は、この作品の前にソファのようなものがあり、立ったり坐ったりをくりかえして、十数分は見ることができた。残念なのは、この作品の修復の様子、実寸のディテール、全図を載せた根津美術館刊の画集が、高価すぎて買えなかったことだ。

洋書の輸入

私が学生のころなら考えられないことだが、最近、日本のアマゾンで欧米の本を買っても、値段が、英・米・仏・独のアマゾンとほとんど変わらず、日本のほうが安いことさえある。欧米のアマゾンは、これに航空郵便料金が加わるので、どう見ても日本で買うほうが得である。明治時代からの洋書輸入代行業は、もはや終焉を迎えたと言ってよい。いまどき、こういうところに、高い為替レートのままの洋書を注文する人はいないだろう。

ロシア語関係は「Наука　ナウカ」という書店があったが、数年前に閉店してしまった。アマゾンでロシア語文献はいまのところ買えないので、やや困っている。

書籍輸入業は、このように事実上、終わっているが、家具、インテリア類は、どうだろうか。いまは、チェコからも、ロシアからも、インターネットで直接、購入できる。日本の業者を通すより五〇パーセントは安い。ただ、個人輸入してもいいが、不良品であった時のリスクが大きい。

私の経験から言っても、返品、交換はむずかしく、まず全額を失うと考えたほうがよい。日本の個人客からのクレームなどは黙殺されるに決まっている。(現に最近、ドイツの会社に値段の問い合わせをしたが、それでさえ途絶えたままである。)きちんと対応する可能性の高いところもあるだろうが、いままでに嫌な経験をした国や会社と、本以外のものを取り引きする勇気はまだない。高い安全料を支払って、輸入代行業者に頼っている。

「Klincksieck」というフランスの老舗出版社は、届いた辞典にひどい落丁がある、と手紙を出すと、その頁のみコピーして、航空便で送ってきたものである。世間知らずだったので、自腹を切って返品したが、もちろん返金はなく、なしのつぶてだ。数万円で、いい勉強をさせてもらった。日本では考えられないことがヨーロッパでは起こる(この点では、北米のほうがましであると思う)。

照明器具

初めからなんとなくギクシャクして、結局、うまくいかなかった例。やはり、初めが肝心である。照明器具の店に、Aという照明器具を注文したところ、取り付けられるかどうか確認したい、と言った。そこで、日時を決めたが、在庫がありませんでした、と言う。対応というか、手際が悪い。つぎに、では、Bという商品はどうですか、と聞くと、ありません、と言う。すでに、この段階で、私はこの会社の、なんとなく無気力な、やる気のない対応に疑義を抱き始めている。

Cはどうですか、と言うと、在庫を確認します、と言う。二つ欲しいのだが、一つしかない、と言う。Dはどうですか、と聞くと、チェーンの調節ができないので、別に（高価な）部品を注文する必要がある、と言う。この段階で、私は対応している男の知性を疑い始めている。チェーンぐらい短くできるだろう、ふつう。

それでは、Eはどうですか、と言うと、ちょうど二つあります、と言う。デザインはいまいちだが、Eに決めて、取り付けられるかどうかの下見の日時を決める。ここで、なぜか応対する係が女性に変わった。手際の悪い男性社員は、メールのやり取りに疲れた可能性がある。

その日が近づいた時、天井には、重量が五キログラム以下の器具しか設置できないことが判明する。ABCDはその点で、もともとみんなアウトだった。偶然にも、Eだけが五キロ以下だ。しかし、吊るすチェーンの重さがある。全体では、まず五キロを上回るだろう。それを施工業者へ確認して、注文をキャンセルした。

この間、一か月あまりである。まったく無駄なエネルギーだった。天井に梁を入れないと無理です、などと、マンションであることを知っているはずなのに、頓珍漢なメールを送ってきた段階で、もうキャンセルの意志は固まっていた。

大手の家具店に照会すると、同じような照明器具があった。しかも、四キロしかなく、軽い。値段も最初の業者の三分の二である。美的には同じレヴェルで、しかもイタリア製というのに魅かれる（どうも舶来品に弱い）。しかし、二か月先まで入荷待ちだという。いちおう倉庫に確認してみますというので、電話を待つ（最初の会社と異なり、ヴェルヴェットのような対応である）。すると、驚いたことに、昨日届きました、と言う（よい対応の会社には運まで味方する）。すぐに注文したのは言うまでもない。この間、わずか一時間。

一時間でうまくいった場合と、一か月半で、結局、成果ゼロの場合と――。最初の段階でスムーズでなければ、深追いしないほうがよいという教訓を得たことになる。

後日談だが、照明の取り付け業者がよく見ると、天井裏には、躯体から直接、金属が取り付けてあるらしく（これが、どういう意味なのかはわからないのだが）、十五キロまで取り付けられることがわかった。そして、いま、三年後、四キロだった照明器具は、ドイツのFaustig社のスーパースワロフスキーを使った、十三キロのものに変わった。この照明器具を直輸入した時の、涙の苦労話もあるが、長くなるので別の機会にしたい。

証明写真で笑う方法

証明写真（一分写真）を、よく、昔は撮っていた。必要もないのに、撮るのである。特に、酔った帰りに、なぜか撮ることが多かった。プリクラなどが登場する以前の話である。横向き、うしろ向き、斜めからと、いろいろ撮ったが、もちろん人には絶対に見せられない。

シロクマの小さなぬいぐるみを家から持って行き、スーツ姿で撮影したこともある。いつもは絶対に出ない笑顔の写真が撮れたので満足であった。しかめ面が染みついてしまっている人は、ぜひとも、ぬいぐるみと一緒に撮影することをすすめたい。自然にほほえみが出てくるはずである。ぬいぐるみ自体がおもしろいか、ぬいぐるみを持っている自分、という事態がおかしいかのどちらかだろう。もし写真を提出する時は、ぬいぐるみの部分をうまく切り離さなければならないのは、もちろんである。

須賀敦子

いまさらながら、須賀敦子『ミラノ　霧の風景』を読む。すると、とまらなくなって、すべてのエッセイを集めてしまう。新書版の全集は、字が小さくてつらいので、古書店から届いたオリジナル版でゆったりと眺める。

一部にコアなファンがいる、と称される須賀だが、たしかに大衆受けするには格調が高すぎる。静かな文体は穏やかな悲哀をたたえつつ魅力的だ。帯には「芳醇な文体」とうたっている。たしかに（飲んだことはないが）高級な葡萄酒のような重い雰囲気はどこからくるのだろうか。

イタリアでは貧乏生活だったことがわかるのだが、須賀は、公爵夫人とか、伯爵夫人のサロンによく招かれている。そして、ひと目で、貴族とわかる、とか、ひと目で、汗して働いたのではなく、相続したものとわかる、など、高級なものに対する審美眼があることを、あちらこちらで匂わせている。

これは、須賀がカトリック左派であることを揶揄しているわけではなく、単なる事実である。このように、土台、基調は、貧乏・悲惨だが（人が死ぬ話が非常に多い）、時折り、宝石のように、イタリア社交界のきらめきが、抑えていても顔を出してしまうあたりのコントラストが、須賀の魅力ではないだろうか。

カトリック左派の須賀が、富める者たちに対して、複雑な感情を持っている、それが微妙なオーラを持った文体に翻訳されるのだろう。須賀自体が、超資産家の令嬢だったことはみんな知っていることである。

ユニクロとランズエンド

ユニクロの夏物パンツを出すと、サイズがみな、76と書いてある。数か月前、(腹だけが) 太ってしまい、リフォーム店で、ことごとく広げた記憶がある。特にスーツ類は何万円もかけて、礼服から夏物、すべて広げに広げたはずだ（当たり前だが、太ってしまうと、広げなくてよいものは一着もない)。

ユニクロのものだと、リフォーム代のほうが高くつくので、サイズの大きいものを買ったほうがよい。そこで、サイズが上のものを注文しようとするのだが、この76というのが、リフォーム前なのかあとなのか、思い出せない。金属製の巻き尺しかないので、それでガチガチ、ベロンベロンと音をたてて計ってみるが、何回計っても、毎回、値が違う。しかし、太る前の時期のユニクロ（エントランスに新聞を取りに行くときに穿く専用のパンツである）を出すと、73と書いてあり、まあ、数分間なら、どうにかはける。この事実から、たぶん、76は太ったあとで買ったのだろう、と結論づけ、76を注文する。

ユニクロはサイズが正確だが、アメリカのユニクロと言うべき「ランズエンド」は、平気で一、二センチ大きいことがある（小さいことはいまのところない）ので、電話でいつもサイズの念を押すのだが、あまり効果がない。返品、交換がとても容易なので、採寸、というか、カットが大まかなのではないか、そのほうが、返品のコストを考えても、安くつくのだろう、などと疑いたくなる。

それでも、安いとは言いながら、大学へ行く時は、割高なランズエンドにする。それは、学内で、ユニクロの鮮やかな緑色のマフラーをしていたら、「ユニクロだ！」と、学生に大声で指弾された苦い経験があるからである。「ランズエンドだ！」と言われることはまずないだろう。日本国内にいるかぎりは。

新聞のチラシ

新聞に広告は入れないでください、と、販売店にきつくお願いしているが、夕刊に一枚、ぺろっとチラシが入っていることがまだある。朝刊は注意しても、夕刊になると忘れるのだ。

今度入っていたら、日経に変えますよ、と脅す。私の住む集合住宅四十戸のうち、日経は三十八、九戸を占めている（メールボックスに入れていた日経のお兄さんに聞いて確かめた）。しかし、日経を購読しても、私が読むところはあまりないのがくやしいところである。特に、真ん中に何ページもある株式欄は、私にとっては白紙と同じだ（メモ用紙に使えないので白紙の価値さえない）。

ハプニングを尊重すること

だいたい、二週間単位の波に乗って生活している、という気がする。三週目の予定は、うっすら記憶しているかもしれないが、意識からは外れている（と思う）。いっぽう、二週間以内の予定は、時折り、頭をもたげてくる。

そういう波に乗っているので、予定外のことが入ってくると、リズムを乱す。だから、突然の食事の誘いなどは、断わることがあった。

しかし、最近は、ポジティヴなものなら、そういうハプニングを尊重することにしている。年を取ってきたのかもしれない。いや、年を取ったら、ハプニングのないほうを好むだろう。というか、今晩食事どうですか、をハプニングと解釈する私も、つくづく堅苦しい人生を送ってきたものだと思う。

そこで、今晩どうですか、に対処するためには、ｉＰｈｏｎｅ充電器、手ピカジェル、各種薬、空いた時間をつぶすための本、雑誌などを、常時、鞄に入れておく必要がある。面倒と言えば、面倒だ。

そこで、面倒をものともせず、機動性の高い人は、きっと、私などよりおもしろい人生を送っているのだろう。

四十年前の夏

自分が小学生のころは、夏に34℃などになることはなく、最高でも、28℃ぐらいかと思っていた。

気になって、四十年ぐらい前の気象庁のデータを見ると、そんなことはない。34℃を越える日はいくらでもあった。

小学校も中学校も、校舎に冷房はなかったが、よく平気だったものだ。高校二年から、新校舎になり、そこには冷房が入っていた。しかし、大学に進学すると、まったく入っていなかったのにはがっかりした。

ひるがえって、二十年ぐらい前、英国は、避暑地として過ごすことができた。冷房など不要で、朝晩は寒く、八月なのにバーバリーのコートをロンドンで買って、着た憶えがある。いまもヨーロッパは、基本的には日本より涼しいのだろうが、ときどき日本なみの猛暑になるのが怖い。しかも、あまり冷房が完備していないので、そういう猛暑の時は逃げ場がなく、東京よりひどい目に会うのだ。

涼しく過ごす夏を確実にしたければ、ヨーロッパではなく、八月、真冬のオーストラリアに行かなくてはならないだろう。

くわい頭の印象

昔、額が広くなりはじめたころ、髪を伸ばすなら、これが最後の機会だ、と思って、伸ばし、ポニーテールにした。

江戸時代、「くわい頭」と呼んだスタイルで、武士ではなく、寺子屋の先生とか、芸術関係者の髪型だったらしい。男性ホルモンが少ない芸術文化系の頭である。いまでも、アーティストに七三分けがいないのと同じ理由だろう。まだ、われわれは、江戸時代を引きずっているのだ。私は男性ホルモンが多いから(よくわからないが、禿げるのだから多いのだろう)、長髪タイプとは逆なのだが、まあ二度とできないと思ってやってみたのである。

西洋人には受けがよかった(と思う)のだが、日本人には、落武者のようだ、よけいに禿げるわよ、などと評判が悪く、一年半ぐらいでやめた。

それは、いまから十年以上前のことなのに、いまだに、あれ、ポニーテールやめたんですか、と言ってくる人がいる。よほど印象が強かったらしい。

宅配ボックスに置かれた水

ミネラルウォーター二十四本入りの段ボールが、宅配ボックスに入っていた。単純に計算して、十二キログラム。これを、どうやって部屋まで運べというのだろうか。億ションではないので、管理人は常駐ではなく、台車もない。

お姫様抱っこの格好で、十二キロの水を(エレヴェーターを使いつつ)三階まで運ぶ(ほんとうのお姫様抱っこは、五十、六十キロをこうして持ち上げるのか、とても無理だな、と思った)。

宅配業者の人自身は怪力なのかもしれないが、よく配達に行くこの部屋の住人は、貧弱な男だったな、ぐらいの記憶はあるはずだ。まして、いつもの担当者なら、もう何十回と会っている。彼に必要なのは、あの人がこれを三階まで運べるかな、という想像力である。

他人の苦労、こうしたら、あの人はこう感じるだろうな、と想像できるか、というのは、大げさに言うと、世界平和へもつながる貴重な能力である。

女性しかいない

ある芸事を習っている時、A先生の先生であるB先生は、A先生のご母堂だが、もう故人だった。しかし、生徒のおばさん、おばあさんたちは、A先生を「先生」、故B先生を「大先生（おおせんせい）」と呼んでいた。最初は大先生《だいせんせい》なのかと思っていた。日本の芸事はなかなか煩わしい。

おば(ー)さんに囲まれつづけるのは、つらかった。なぜ、習い事（語学、書道、太極拳、その他）は女性だらけなのだろうか。定年後も男は忙しすぎるのか。人からものを習うのが嫌なのだろうか。

そういえば、演劇・音楽会に行っても、女性しかいない。女子トイレは列をなしているが、男子トイレはがらがらである。そういう男子トイレに、我慢できないおばさんが乱入してきて驚いたことがある。

蔵書を売られる可能性

こんなことを言うと、かならず怒る人がいるけれども、妻は要らないが、男の子は欲しい。せっかく集めた古今東西の蔵書を（と言っても、大したことはないが）、私の死後、よく知らない親族に売り払われるのが忍びない。教室で、昔は優秀な学生を養子にしたりしましたよね、と言うと、学生たちの顔が恐怖で歪むのが感じられた。〝誰が、おまえたちのような学生を養子にするか！〟という言葉は、ぐっと呑み込んだ。しかし、冷静になってみると、息子がいても蔵書を継承してくれるとは限らず、売り払われてしまうかもしれない。

その証拠に、古書目録には、なんとか先生ご蔵書、というリストが載っていることがある。蔵書印が押してあるのだろう。やや痛ましい光景である。きっと、未亡人や、父親の専門に関心のない息子・娘が売り払ったのだ。

若いころと違って、いまは、蔵書印を押す気持ちがすこしはわかる。自分の死後も名前を残したい、私が読んだ、ないし、読んでいなくても、所有していた、という事実を後世にまで伝えたい、肉体は死んでも、名前は死なせたくない、という渇望だろう。

やせていること

大丈夫、どうにかなるわよ、と小太りの女性に言われることほど、安心することはない。痩せた女性は、いろいろな意味でとても怖い。ストーカーめいたことを私にしてきたのも、みんな小太りではない女性だった。

ユリウス・カエサルが、キャシアスは痩せているから信用できない、と言ったのは、史実かどうか知らないが、シェイクスピアの有名な台詞である。やはり、太っているほうが円満な人格なのだろう。

ドイツには、三十八歳（三十五歳だったかもしれない）でベルトを緩められないとだめだ、という言い伝えがあるらしい。つまり、そのぐらいの年になったら、人生が安定して、小太りになるべきだ、というのだ。若いころと同じ体型なのは不安定な精神状態だ、とドイツ人は考えるらしい。これは日本人に適用できるだろうか。

白内障の手術

白内障の手術は日帰りでもできるため（私は家事をしてくれる人がいないので入院したが）、簡単だと思われている。しかし、同じ簡単な手術でも、虫垂炎の時より手術後のケアは桁違いにたいへんである。というより、手術時間は、たしかに名医の場合、三分ぐらいだろうが、それはたいへんな技術力と精密きわまる手術器具に支えられているからで、技術的に劣る医師なら三分ではすまないだろう。

まず、手術前も後も、計四日間、点滴をうたれる。看護師は説明しないのだが、殺菌か、消炎だろう。内服薬を一日三回、五日間服用する。

点眼薬は、一日四回、三種類を点眼するが、点眼の前に消毒用ガーゼで目を三回拭う必要がある(まぶたの上・下・中央)。

点眼したら、目を一分つぶる。そして、つぎの点眼薬との間は三分から五分、空けなければならない。これが三か月続く。音の出るストップウォッチがあると便利である。

そして、三キロ以上の重いものを一か月は持つことができない。眼圧が上がるからだろう。今日はスーパーで四日分の食料を確保したが、ふつうなら片手で持てる大きさなのに、宅配サーヴィスを頼んで、店員に怪訝な顔をされる。布団は、たぶん、一か月間、敷きっぱなしだろう。

また、今日聞いてわかったことだが、一週間は、仰向けに眠る必要があるらしい。横を向いて寝ていいですか、と医師に尋ねたら、止めたほうがいいと言われた。

このように、術後はたいへん気を遣うのだが、そのわりには、手術を受けた同僚や知人で、たいへんだ、と騒いでいるのを聞いたことがない。彼らが我慢強いのか、私が愚痴っぽいかのどちらかだろう。

点眼薬の中には、冷蔵する必要があるものがあり、大学が始まったら、研究室に小型冷蔵庫を買う必要があるかもしれない（と思ったが、保冷剤を入れた容器で事足りることがわかった）。

こだわる人生

春夏の高湿度、腕の細さ、一分の狂いも嫌がられる、という、ヨーロッパにはない日本人の条件にかなう、しかも、デザインのすぐれたヨーロッパの腕時計を見つけるのはじつにむずかしい。そういう日本的風土に合う条件で作られていないからである。

革ベルトは初夏あたりから、すぐ汗で悪臭を発しはじめるので、日本の高温多湿では使えない。どうしても金属ベルトになるが、するとたんに選択肢が少なくなる。美しい時計はなぜか、だいたい革のベルトである。

腕時計に限らず、万事、こだわらなければ、人生がかなり楽になるだろう。適当な時計をしている人のほうが世間には多い。電車の中では、少なくともそうである（しかし、愚弟に指摘されたところによれば、高級な時計をしている人は電車に乗らない、ということだ。なるほど）。

アーティストなどは、一ミリ、零点一秒にこだわる。こだわりの権化だが、それは仕事の場合である。もし、こういう仕事のこだわりを日常生活に持ち込んだら、地獄と化すだろう。しかし、仕事と日常と、峻別できない人もいるかもしれない。

（故）竹内均という教授が、デカルトを引用し、研究生活では研究のこだわりを死守するが、日常生活は平均的な、こだわらない、無難なレヴェルでいくのがよい、とよく書いていたのを思い出す。

文字盤

おそらく、高校以来、あらゆる時計で、アラビア数字の文字盤を避けてきたと思う。別にアラビア語、アラビア文化が嫌なわけではない。NHKアラビア語会話を見ていて、いつか学びたい、と思っているぐらいである。しかし、それとデザインは別だ。言うまでもないが、和風な漢数字の文字盤、デジタル腕時計も却下である。

改まったシチュエーションでは、アラビア数字の腕時計は避けたほうがいい、という西欧のマナー本を読んだことがある。なぜだかはよくわからない。たしかに、高級な時計の文字盤に、アラビア数字はあまりない。フランク・ミュラーぐらいのものだろう。ユダヤ系の人が嫌がるのだろうか。その可能性もなくはない。では、アラブ系の富豪と商談する時はどうすればいいのだろうか。

気まずい不在連絡票

百貨店から、中元が、一か所、不在のままですが、と連絡がある。一瞬、一家心中？　と思ったが、考えてみると、この人は家族で、毎夏、海外に行くのだった。

送ったのは桃だったので、十日しか保存はできない、と言う。キャンセルし、返金してもらうことにする。しかし、十分後に気づいたが、相手の郵便受けには、不在連絡票が入ったままになっているだろう。われながら、よくそこまで気づいたものだ、と思う。帰国した九月に何か贈らなくては、気まずいことになる。同じ予算で、何か適当な果実を送ってください、とあわてて百貨店に伝えた。

降りたいのに降りられない

バスの進行方向に顔を向けて坐る座席で、通路側にいる隣りの人は降りないのに、奥にいる自分が降りなければならないことがある。

そういう時、当然、膝を浮かしただけで、隣りの人は察して、立ち上がり、通路を空けてくれる、とわれわれは思いこんでいるが、万一、抵抗されたらどうしたらよいか、というシュールな思いがよぎる。

たぶん、どけ、どかない、と押し合いになり、つぎに、つかみあい、取っ組みあいになるだろう。そして、運転手は、知らないふりをして、ドアを閉めてしまうだろう。

これが、かならずしもシュールでないのは、こういう風景を何度も目撃したからである。小学生の時、塾からの帰り、降りなければならない子を、みんなで押さえたり、引っ張ったりして、降りさせない遊びが流行ったのだ。ひどいことをしたものだ。

その時とまったく同じ路線バスに、いま、数十年以上を経て、ふたたび私は、毎日、乗っている。

続・にゃんこ

ヴェランダでぼーっとしていると、近くの家の屋根に、にゃんこを発見する。猫は、路地などで見かけても、じっと観察するのは、まず不可能である。私の場合は、すぐ警戒して逃げられてしまうからだ（警戒されない人もいるだろうが）。今回は道を隔てて十メートルは離れているので、さすがのにゃんこも私に気づかず、無防備である。しめた、今度こそ思いっきり見てやろう、と身構える。

見ていると、まず、

(一) 自分の肩を舐め
(二) 起き上がって背伸びをし
(三) また寝転がって左足を舐め
(四) 立ち上がって、辺りを見回し

（五）右に移動、ひさしの下にしばらくとどまり
（六）左に移動し
（七）視界から消えてしまった。

ほんとうに気ままである。これ以上、気ままな行動をとれ、と言われて、とれる人がはたしているだろうか。

指揮者

知人に指揮者がいないので（というか、いる人はまれだろう）、よくわからないのだが、指揮者というのは、楽譜に忠実な演奏を、作曲家の書いたとおりに演奏させようとするのだろうか。それとも、作曲家はこう書いているが、さらに深く意図を読み取って、楽譜には何も指示がないが、本音はクレシェンドのはずだ、などと推理し、クレシェンドにしてしまうのだろうか（また、その命令に、楽団員はおとなしく従うのだろうか）。

アンダンテ、と楽譜に書いてあっても、どの程度のアンダンテかは、解釈する人にまかされている、というか、作曲家の頭には、決まったテンポがあったにちがいない。それを、現代の演奏家や指揮者が、作曲者の構想と同一に再現できるか、という問題だろう。

あるいは、現代は現代なのだから、いま現在にふさわしいアンダンテのテンポで演奏する、という立場があってもいいにちがいない。歩く速度も、いまと昔は違うはずだ。

グレン・グールドはバッハの演奏で、時を隔てて、同じ曲をまったく対照的に演奏しているが、とてもおもしろい。どちらが正しい、ということは言えないだろう。

美輪明宏先生の言うように、何が美しいか、ということを基準にするしかない。しかし、この忙しい社会に生きていて、われわれも、何を美しいと感じるかは、環境、時代の影響を受けているにちがいない。

飛んでいた山

神話によると、古代インドの山には翼があって、空を飛んでいた。それでは大地が安定しないので、インドラ神（=帝釈天）が翼を切り落とした。そこで、山が、どん、と大地に落ちて、大地は安定し、切られた翼は雷雲となって山のまわりに浮かぶようになった、という話を、昔、聞いたか、読んだかしたのだが、出典がわからなかった。

最近、見つけたところでは、『マイトラーヤニー・サンヒター』（一・十・十三）という文献であった。忘れないように、ここへ直訳しておきたい。

それら（＝山）には翼があった
そして、あちらこちら好きなところに降下して坐っていた
したがって、大地は当時、不安定であった
その山々の翼をインドラが切り落とした
その山々のおかげで大地は堅固になった
翼であったものは雷雲となった
それゆえ、つねに雷雲は山に漂っているのである
というのは、山は雷雲たちの生まれた場所だからである。

むずかしい、社会。

衆議院の解散

衆議院の解散、というと、まるで芝居のような二〇〇五年八月八日の憲法第七条解散(「郵政解散」)をいつも思いだす。議事の途中なのに、いきなり、河野洋平衆議院議長と(おそらく)全議員が立ち上がり、「日本国憲法第七条により衆議院を解散する」のたった一言だけである。ギリシャ悲劇で、なんの脈絡もなく、神が機械仕掛けの籠で降りてきて、悲劇を突然、終わらせることがあるが、それと似ている(deus ex machina「機械から出てくる神」と言う)。「解散勅書」はすべての議題に優先されることになっているので、突如、審議も中断され、こういう唐突な光景にならざるをえない。この勅書が「紫の袱紗《ふくさ》」に入れられ、官房長官、事務総長、衆議院議長へと手渡されていく。その一連の流れに張りつめた緊張感があって、ドラマ性に満ちた儀式となっている。

天皇陛下が関わると、すべてがこのように、なにかただごとでない雰囲気を持つ。形式上は、内閣の助言と承認を得て、国事行為として衆議院を「天皇が解散する」のである。これほど言葉が少なくて緊迫感があり、はらはらするドラマもめずらしい。

百貨店の黄昏

百貨店関係者が、消費が悪徳になった、と売り上げ悪化を、消費者のせいにしている。ちょっと違うのではないかと思う。

富裕層が、いまどこで買い物をしているのか知らないが、たぶん外国から直接、あるいは輸入業者を通じて、いろいろな高額商品を購入しているのではないか。

また、インターネットショップの品揃えの多さを見ると、とてもわざわざデパートまで行く気がしない。衣服にしても、家具、インテリア、またソープディッシュといった小物にしても、百貨店では、色、デザイン、大きさなど、好みのものが見つかる可能性はゼロに近い。消費者のこだわりもうるさくなっている。どうしても、専門店に行くことになるだろう。陶磁器にしても、照明器具にしても、専門店がネット上にあって、膨大な品揃えを見せる。どこで商いをしているのか、すぐにはわからない仕組みになっているが、注文すると、英国の陶器や、チェコ、オーストリア製のランプが、高知県や、福岡県や、北海道から送られてくる。

もう百貨店の時代は終わりつつあるのかもしれない。これからは、店頭販売を縮小し、通販に移行するしかない。あるいは、Harrods, La Fayette, Nordstromといった、欧米の百貨店のように、ブランドとなって、オリジナル商品をつくるしかないだろう。こういう欧米の百貨店から、頼みもしないのに、通販のメールが毎週のように届いている。

いずれにしても、品揃えのなさが客足の遠のく最大原因ではないか。しかし、百貨店は、「百貨」と言うように、広く浅く、というのが基本なので、スペースがない。品揃えを豊富にすることと「百貨店」は矛盾する。東京ドームより広い売り場で、家具しか扱わない専門店に家具の売り上げでかなうはずがないだろう。百貨店の家具売場は家具の数が中途半端で、どうにも食指が動かない。

百貨店で利ざやが大きいのは紳士服らしいのだが、これも安い専門店が増えた。品質が変わらないのに、安いものがいくらでもある。

消費者が、デザインや色、機能性、オリジナル性に烈しくこだわるようになったいま、革命的なことでもないかぎり、残念ながら、百貨店に勝算はないように思われる。私はもともと百貨店がとても好きなので、非常に残念である。

通販

なぜ、通販が心地よいかと言えば、いろいろ理由はあるが、商品を玄関まで持ってきてくれることがその一つだろう。

店では、こちらが、売ってください、と言って、レジまで持っていかなくてはならない（家具、仏壇等を除く）。これは、ある意味で、屈辱的だ。

西洋人が、日本のレストランでは、帰りぎわ、レジで奴隷のように立って（ひどいときには並んだりして）、支払わなくてはならない、と言っていたが、指摘されるまで気がつかなかった。料理はさんざん、向こうからサーヴしてくれたのに、最後になって、こちらから出向くのがおかしいと言うのだ。たしかにテーブルで払う習慣は取り入れてもよい（すこしずつ増えてきている）。

となると、商品をレジに持っていくのと、向こうから持ってくるのと、消費者の格が上である販売形態はどちらかと言えば、あきらかに後者だろう。

二六〇〇年

「「臣宣仁」と、殿下も二六〇〇年に仰ってるんですから、国民の一人なんです。」

と、故高松宮妃喜久子妃殿下が言った（私にではなく、テレビで）。『高松宮日記』の発刊のころだから、かなり前のことだ。宮内庁が出版に反対した時、若い皇族や国民がこの日記の内容を知る必要がある、という主張だった。

「二六〇〇年」というのは、戦前生まれの人でないとわからないだろう。「西暦」というキリスト教の暦ではなく、日本には「皇紀」という暦が戦前にはあった。イスラム圏でも独自の暦を使っているのと同じである。神武天皇から始めて、今年（二〇一一年）は、皇紀二六七一年である。しかし、何の注釈もなく、すらっと、「二六〇〇年に」と言ってしまうところが、さすがに皇族であった。

カフェでの個人レッスン

よく、カフェで語学のプライヴェートレッスンをしている外国人がいる。語学学校を通さないので、生徒のほうも安くつき、おたがいにメリットがある。ただし、たいていの語学学校は生徒とプライヴェートに会って教えるのを禁じているらしい。すると、この二人は掟破りだ。

いま、まさに、隣で、日本人の女性が、

「アイ　ゴウトゥ　エウロペ」

と言って、「ユーロプ」とアメリカ人女性に訂正される。噴き出しそうになった、というより、ほんとうに苺とブルーベリーのジュースを鼻から噴き出した。中学生ではなく、いい大人の女性である。じつに楽な商売。日本人は、西洋人にとって、いや、世界中の人間にとって、ほんとうにいいカモだ。こんな英語下手で、お人よしの民族はいない、と思う。

ロートレックとネクタイ

会社員が、トイレでネクタイを肩にかける、などと言っていた。大小どちらなのかわからないが、尋ねるのもはばかられたので、黙っていた。

冠婚葬祭以外、ほとんどタイをしないので、よく情況もわからない。しかし、その肩にかけるという仕草が、いかにも年季が入った職人のようで、格好がよかった。働いているなあ、日本の経済のために、という感じであった。

ロートレックに「アンバサドゥールのアリスティード・ブリュアン」という、赤いマフラーを肩に回した、粋な歌手のポスターがあるが、あれを思い出した。あのフランス版大首絵のような大きな作品を額に入れて、冬は部屋に飾っている（夏は暑苦しいので隠しておくが）。

「ハッシュ」

東急バス。運転手が、発車します、と言ったあと、一秒後に、「ハッシュ」と、つぶやく。たぶん、発車します、と宣言したあと、マニュアル的には、「発車」と、もう一度、言わなくてはならないのだろう。

しかし、この運転手はあまり気が乗らないのか、語尾が弱まって、Hush！ しーっ！ になってしまう。一年ぶりぐらいで、最近、また、この運転手のバスに乗ったが、今度は、「フッシュ」と、「ハ」が「フ」に弱まっていた。最終的には、「ゥシュ」にまで弱化するかもしれない。

自動改札が自動かどうかの疑い

在来線の改札口。左右二か所、同時にピンポーン、と鳴る。どちらかに入ろうと思っていた私は、どちらにも入れず、六方を踏んでしまう。どうも、自動改札は、平均的な日本人の能力以上の動作を求めている可能性がある。

新幹線の自動改札はもっとひどく、いっけん、ドジを踏みそうにないような働き盛りの男も、私の前で、二人、左右同時に、ピンポーンと、足留めさせられるのを見たことがある。そもそも、駅員がドジを踏んだ客を助けようと、常に立って待機しているのが、自動改札に無理があるという、なによりの証拠である。いつも人が構えているのなら、自動ではないのではないだろうか。

一度に二枚入れるというのは、それほど複雑だろうか。もちろん、自分が最初に乗るJRの駅の改札口では、乗車券一枚だけを入れなければならない。特急券とともに二枚入れたことはないが、たぶん、ピンポーンと鳴って、ゲートが閉まるだろう。地元の駅で一枚、新幹線の駅で二枚という手続き、これが複雑なのだろう。チケットは、どこへ行くにも、初めから最後まで一枚だけでないと、永遠にピンポーンは鳴り止まないのではないか。

子どもの泣き声

子どもの泣き叫ぶ車両に乗ってしまう。乗ってから気づいたのである。ドア付近で気づいていたら、車両を変えただろう。

あの、どうしようもない泣き声を聞くと、母親の愚かさ、子どもの聞き分けの悪さに、怒りを感ずる。私の母は、外であなたを泣かしたりはしなかった、とよく自慢(?)していた。泣かさないような工夫があるのだろう。また、私自身も静かな子であった(必要な時にも話せないほどだ)。

しかし、あの泣き声にいらつくのは、単なるうるささ、母親への非難だけではない。理性がない子どもなのだから、いちいち怒るべきではない、誰でも泣き叫んで育ったではないか、という心の声が、われわれの中で激しく葛藤を生むからだろう。

笑顔の有無

店でも、企業でも、社員の顔に余裕、というか、笑顔がないと、まもなくつぶれてしまうことが多い、と気づく。笑わないから客が減る、ということもあるが、なぜ笑えないのか、という原因のほうが重要である。

ある蕎麦屋が、そうであった。坐れなくて、待たねばならないほど客は多いのに、店員がいつもきつい顔をしている。レジの若旦那にも、まったく笑顔がなかった。そうしているうちに、「改装」という貼り紙が貼られ、英会話学校になってしまった。ビルは新しいので、そのままだが、きっと投資か何かに失敗したのだろう。

その、エリア唯一のそば屋を失って(目立たないところにはあるかもしれないが)、残念である。十数年以上前の話。ふつうの店にはめったにない「そば寿司」も、もう食べられなくなってしまった。

こういう店は、微笑むことができないほどに経営が逼迫しているのだろうが、逆に言うと、赤字経営でも、団結、覚悟して、無理に笑うことができたところは、立ち直るのではなかろうか。このあたりのことを、ジョセフ・マーフィーは、請求書が来たら、それと同額の小切手が来たと思え、と書いている。ちょっと聞くと、おかしな考えだと思うが、要するに、心の中まで借金まみれにするな、という発想の転換なのだろうと思う。

むずかしい、住居。

集合住宅での服装

集合住宅に住んでいる人のうち、ごく少数が抱えている悩みだと思うのだが、パジャマ姿のまま、エントランスまで朝刊を取りに行くことができない、ということがある。いや、これは部屋で、いつもだらしなくパジャマを着ている私だけの問題で、家の中でもきちんとした格好をしている人は、堂々とどこへでも出ていけるはずだ。

授業のない日は、昼ごろに来る郵便物も、着替えて取りに行かねばならない。一軒家だった実家では、そういう配慮は無用だった。

冬は幸い、パジャマの上に、長いコートを羽織っていけば、ごまかすことができる。足元からのぞいた白い靴下と、パジャマの裾と、サンダルに気づかれなければ大丈夫だ。

しかし、足元というのは、とても目につくもので、足元を見る、とはうまいことを言ったものである。旅館・ホテルでも、靴を見るらしい。靴の値段や手入れの具合で部屋を決める、などと言っている評論家がいたが、ほんとうなのだろうか。

同じ値段でも、眺望、騒音その他で、良い部屋と悪い部屋があって、変な靴だと嫌な部屋にされてしまう、というのだ。しかし、安い靴を履いた人を、悪い部屋に通すメリットがいったいなんなのか知りたい。

それはともかく、以前、あまりに疲れていたので、室内着(=パジャマ)のまま新聞を取りに行こうか、と考えたが、エレヴェーターのような狭い密室で、知らない住人と居合わせた時の気まずさは、格別だろう、と思い直し、着替えて、エントランスへ向かった。

穴の掃除

どこの家にも、濡れている穴が最低四つはあるだろう。この穴の掃除がやっかいである。広い家なら、穴の数が何倍にもなるのではないか。特に気になるのが、キッチン・洗面台の排水口だ。

その内側、および、そのまわりのカビやぬめりを取る薬剤というものがある。どの商品を見ても、注意書がとても物騒で、劇薬のように書いてある(ほんとうに劇薬なのかもしれないが)。かならず換気をするとか、眼鏡か、ゴーグルをつける、使用後はかならず手を洗う、と脅していることが多く、ある会社のものなどは、心臓の悪い方、健常者でも体調の悪い時には使用しないでください、と書いてあったりする。

こんな恐ろしい薬剤を買ってまで、たかがぬめりを取ろうという人はいないだろう。ぬめり自体は不快で不潔だが、危険ではない。いっぽう、ぬめり取りは体調の悪い時に使うと、危険なのだ。

東急ハンズに行くと、枯草菌を用いた、人畜無害の製品があった。まったく安全で、換気もゴーグルも不要。これを買う。やはり、ケミカルよりバイオがよい。ぬめりの取れ具合を比較したことはないが、多少、除去する力が弱くとも、わざわざ、使う時に備えて体調を整え、ゴーグルをするより、ましだ。

ついているのか、きれているのか。

自宅トイレの入口には、スイッチが縦に二つあって、下のほうには「換気」とあり、赤い小さなランプが点灯している、と思っていたら、そのランプは換気中に点くらしい。ということは、一年間、そうとは知らずに、むだな換気をしていたということだ。

廊下のライトのスイッチは、暗がりでも見えるよう、ライトがついていない時には、緑色のランプが点灯している。トイレのスイッチは、それとは逆になっている、とは思いいたらなかった。

そもそも、換気のスイッチを押したことはあったのだが、吸気口の音に変化が生じなかったので、そのままにしておいたのだ。ふと、昨日、気になって、トイレットペーパーを、吸気口からすこし離して保持し、スイッチを「切って」みた。すると、トイレットペーパーは、吸気口にすっと吸いついたのであった。

つまり、「切った」つもりが、じつは「入れて」いた、ことになる。このようなことが、人生にはあるのではないか——。長い間、勘違いしていることが。

集合住宅の困った人

集合住宅の共用部分は、「共用」部分だから、私物は置いてはいけないことになっている。が、エアコンの屋外機置場などに自転車を置いている居住者がおり、掲示やチラシなどで注意し、一年半がかりで、ようやく一掃された、と思ったら、週末だけ相変わらず置いている人がいる。

別にそれぐらいいいじゃないか、と言うかもしれないが、集合住宅には非常に多くの規約があり、一つ大目に見ると、なし崩しになりかねない。それに、単身者である私が、両手に買い物袋と大きな鞄を持って歩くと、廊下にはみ出した自転車のハンドルに当たってよろける、という実害もある。また、管理組合理事の報告によると、駐輪場に駐輪費を払っていない未登録の自転車があるという。駐輪費を浮かせようと廊下に置く人よりも、ひどいかもしれない。

考える。きっと、億ションなら、こんな「モンスター・インハビタント」はおらず、品のよい裕福な人々や、あまり家に帰らない芸能人とスポーツ選手だけだろう。また、廊下に自転車が置いてあるというだけで目くじらを立てる、私のような小市民もいないだろう。金持ち喧嘩せず。やはり、億ションでないと、文化的で快適で静謐な生活は送れない（と思う）。

集合住宅の騒音

階下（だと思う）で、パタパタと音がする。まだ、朝七時半だ。（座敷わらし？）かと思う。床を修行僧のように四つん這いになって拭いている？　天井にはたき？　いまどき、そんな主婦はいないだろう。下は、たしか新婚の夫婦で、走り回る子供もいないはずだ。いや、知らない間に生まれたのか……。それでも、まだ歩けないだろう。

薄い布団をフローリングに敷いているので、耳がほとんど床に密着している。ベッドを買わなくては眠れないのか、この狭い洋間に入るだろうか、などと眠れない頭が暴走する。

人の話し声、テレビ等の音などはいっさい聞こえないのだが、パタパタという音だけは、コンクリートの床を通って、なお聞こえてくる。そういえば、深夜にガタッガタッという音が聞こえることもあるが、これはきっと別の行為だろう。

おそらく、あと三十数年は、付き合う（わけではないが、隣住する）ことになるので、軽率に、「うるさい！」などと怒鳴りに行くことはできない。しかも、階下ではなく、隣りの住人である可能性もなくはない。這いつくばって床に耳を当ててみると、左隣りから音が伝わってきているような気もする。そういえば、左隣りは、しょっちゅうホームパーティをやっていて、ヴェランダから非常にうるさく野卑な話し声が、タバコの匂いを伴って聞こえる時がある。

いやいや、やっぱり下だろう、と疑心暗鬼になって、結論を得られないのが、コンクリートの集合住宅の欠点である。安アパートなら、むしろ、どこが騒音源かすぐわかって、安心だ（解決はしないかもしれないが）。相談した管理会社も言っていたが、複雑な配管などもあり、はるか遠くの音が伝わることもあるという。結局、当事者同士で解決してください、というのだが、その当事者が特定できなくて困っているのだ。どうも、信用できない。管理組合の理事だった時に、管理会社を変える動議を出せばよかった。

集合住宅でも、億ションなら、やはりこんな問題はないだろう。床はもっと厚く、バズーカ砲を発射しても、シャンパーニュの栓をポンと空けたぐらいにしか聞こえないのではないか。住民も、パタパタ貧乏くさく走り回ったりしないはずだ。紳士は走らない、という英国の諺もある。

気まずい集合住宅の人

なぜか、私のいる集合住宅はみんな同じような世代で、三十代前半から後半に、すべておさまってしまう感じである。私が最年長かもしれない。また、独身なのも、たぶん私だけだろう（その後、管理人のおばさんに聞くと、そのとおりであることがわかった）。

バス停で下車し、住宅へ向かって、前に三十代ぐらいの人が歩いていると、もう勘で、同じ住民だな、とほぼわかってしまう（別に霊感があるわけではない）。住民同士があらたまって会う機会はないので、おたがいの顔はわからないのだが、エントランスで遭ってしまうのが、なぜか非常に気まずい。

したがって、歩幅を小さくしたり、ことさらゆっくり歩いたりして、入口で会ってしまうのを避ける。しかし、もう中へ入っただろう、と思ってエントランスへ入ると、まだカバンに手を入れて鍵を探していたりして、やはり会ってしまうこともある。

また、うしろに同じ住民である私が歩いていることを知らず、夫婦がおもむろに手をつないだりすることがある。ちゃんとうしろの気配を感じとってもらいたいものである（あるいは気づいたうえでいちゃついているのかもしれないが）。

悪臭を発する照明または壁紙

寝室に（業者が）シーリングランプを取り付けた。点灯していると、あれ、なんとなく香辛料の香りがするな、と思ったが、その時は、特にそういう香を焚いているわけではない（焚くこともあるが）。すると、どう見ても、というか、どう嗅いでも、そのランプのほうから匂いが漂ってくる気がする。香辛料の香りとも言えるが、ビニールを焦がしたような、とも言えないことはない、微妙な匂いである。

ただ、320W（40W×8灯）の白熱球で熱くなった金属の反射板から発しているのか、その反射板に熱せられた天井の壁紙から発しているのかが、よくわからない。スイッチを入れて、すぐ匂うところをみると、前者のような気がする。

100パーセント悪臭、とまでは言えない匂いなので、放置したままでよいのかもしれないが、気になりだすと、気になって、精神上よろしくない。健康に悪い成分が入っているかもしれない。

これは、取り付けた電気業者に言えばよいのか、ランプの輸入代理店に言えばよいのか、集合住宅の施工業者に言えばよいのか、あるいは管理会社に聞くべきか、迷う。

結局、すべてに電話をするが、解決しない。壁紙に、熱せられて匂いを出すものは入っておりません、この会社の製品に、いままでそういうクレームはありません、と言われ、途方に暮れる。

気にしないようにしよう、と考えるが、スイッチを入れようとするたびに、ああ、匂いがするだろうな、と暗い気分になる。

そうしているうちに、三か月ぐらい経ったころだろうか、匂いはしなくなった。あるいは私の鼻が慣れて、匂いはしていても、感じなくなっただけかもしれない。

もう、どちらでもよい。

一人暮らしの小物

一人暮らしをしていると、どうでもいいような小物が増えていく、と上坂冬子が書いていた。いくら狭い住居であっても、一人だとなんとなく間延びがして、動物のフィギュアとか、大きめの絵画、ポスター、オブジェなどがないと、精神のバランスを欠くような気がする。

そういうわけで、現在、大きな猫が二匹、小さな猫が三匹、シロクマが三頭いるが、すべて、石か布でできている。

クリスマスあたりは、日も短く、とくに孤独感の高まる時である。派手な飾り付けでもしなくては、とても生きていけない。けれども、同じフィギュアでは飽きがくる。リヤドロの「ツリーを飾ろう」あたりを考えているが、三、四週間ぐらいしか飾らないものにしては値段が高い。

しかし、考える。男児がいれば、金太郎か何かの五月人形を飾ったことだろう。あれも、一週間ぐらいしか飾らないはずだ。

精神のバランスを取るためだと思って、少年と少女がツリーを飾っているほほえましい置き物の注文をする。リヤドロはとくに手の表情がバレエのように美しく、なんとも心がなごむ。

コンクリートの壁

「部屋干しなんとか」という洗剤で洗濯をする。しかし、どう見回しても、部屋干しできるところがない。マンションには、「かもい」のように、フックを掛けられる場所がないのだ。浴室に干して、「乾燥」のスイッチを押すしかない。この「乾燥」は、洗濯物ではなく、浴室の乾燥の意味かもしれないが、いまだによくわからない。

洗濯物どころか、コンクリートの壁だと、額縁も吊るせない。小さい絵なら、テーブルやコンソールにおけるが、大きめの絵画、版画はすべて床に立てかけている。したがって、視線を落として観ることになって、なかなか悩ましい。

もっとも、カーテンレールみたいなものから、美術館のように吊るすのも、ワイアが見えてしまい、美的に問題がある。一度、億ションでは、このあたりをどう解決しているのか、ぜひ見てみたいものだ。

エアコンクリーニングがクリーニングしない部分

寝室のエアコンが、スイッチを入れると、ギュルギュルと、暴風雨のような音を立てる。うるさくて安眠できたものではない。

製造元の〔お客様センター〕に電話すると、開口一番、フィルタはきれいですか、と言われる。数か月前、プロの業者に、家中すべてのエアコンをクリーニングしてもらったばかりである（浴室の天井埋め込み型エアコンは依頼を忘れた）。

きれいなはずですが、と言って、念のため、カヴァーを開けると、まるで毛の長いじゅうたんと化したフィルタが目に飛び込んでくる。

業者の「エアコンクリーニング」に、フィルタの掃除までは含まれていないことが明らかになった。カヴァーを開けて、まず目に入るところを掃除しないとしたら、いったいどこをクリーニングしたのだろうか。

マンションの立ち入り

マンションの火災報知器の点検。この時は業者にすべての部屋へ立ち入られてしまうので、畳んでいない洗濯物の山などを寝室に押し込んでおくことは不可能である。当たり前だが、寝室にも報知器はある（というか、寝室にこそ設置すべきだろう）。火事の時、報知器が作動しなかったら大変だから、嫌でも、点検しておいてもらわなくては、責任問題となる。

しかし、点検は毎年やってくるが、ほんとうに、毎年、必要なことなのだろうか。天井の報知器にわれわれが触れることはないのだから、壊れようがない気がする。

じつは、点検と称して、マンションの規約に反する、（ワニなどの）大型動物を飼育していないか、共用部分の壁にボルトを打っていないか、など、管理会社と結託してチェックしているのではないか、と勘ぐりたくなる。

陸の孤島

惣菜は近くのコンビニで買えばよいが、珈琲豆が切れている。大惨事である。バスで、駅近くの成城石井に行かなければ、まともな豆は売っていない。

しかし、ヴェランダに出てみると、真夏の太陽光線で顔が痛い。日没近くでないと、外出は危なそうだ。静かでいい、といえばいいのだが、駅から遠い陸の孤島の住宅地に住むと、かなり不便である。これはいまの集合住宅に転居してから悟ったことだ。

そういえば、生協のようなところから、毎週だか、毎日だか知らないが、食材を届けてもらっている世帯が多い。買い物をするところがないのだ。これで、近くにコンビニがなく、ネパール料理店がなければ、とても住めないところであった。

アンペア

朝、加湿器と、コーヒーメーカーと、電気湯沸かし器と、電子レンジ、エアコン二台のスイッチを入れると、ブレーカーが落ちる。

すると、家中の給湯器、床暖房などの設定が0：00になってしまい、すべて時刻合わせをしなくてはならなくなる。たしか、うちは40アンペアのはずだ。

夕刻、炊飯器が音を立てている時、ブレーカーが落ちるのでは、と浴室の暖房が入れられないのは、心の平和を乱す。しかし、60に増量すると、月に600円ほど基本料金が上がるらしい。電化製品ごとに、使う時間をずらす、などという器用なことができるだろうか。それに、朝起きた時など、まとめて使うのが普通ではないだろうか。現状では、朝起きて、コーヒーメーカーを入れ、洗濯機を回し、エアコンをつけ、炊飯器のスイッチを入れただけで、ガシャッと真っ暗だ。

40から60に変えてもらうことにするが、東京電力との電話では、よく意味がわからないのだが、60にしても、20アンペアを越える電流が流れると、やはりブレーカーは落ちてしまう、と言う。それでは、60にしても同じことではないだろうか。

むずかしい、食べ物。

シリアル（一）

私は、大学の教員にしては珍しく、出不精と気の弱さと経済的理由から、二十代のころ、長期留学をした経験がない。四週間程度の滞在なら、カナダ、英国、ニュージーランド、米国へ行ったことがある。

これらの英語圏に共通しているのは、朝、「かならず」シリアルが出されることである。これは、一般家庭でも、ケンブリッジ大学の寮でも、ロンドンのホテルでもそうであった。しかも、不思議なことに、揃って、洗剤のような箱に入っている安いものだ。

かつて英国領だったバハマ諸島のリゾートホテルでは、ドライフルーツがたっぷりと脇に置いてあったのでうれしかった。私の好みは「グラノーラ」という、日本では非常に高価な、ナッツや果実の豊富なシリアルで、贅沢品に入るだろう。

久しぶりに食べたくなり、見ると、一箱五、六百円になっている。気取った食料品店で売っている英国製は、千円以上だ。英語圏で出されるようなスカスカのシリアルはまずいので、買ったこともないが、二、三百円ぐらいだろう。

しかも、前者の箱は非常に小さく、後者は前述したように、洗剤の大きさだ。一グラムあたりの単価は膨大な差になる。なぜグラノーラがこれほど日本で高価なのかは昔からの謎である。

のちに、アメリカのスーパーマーケットに行く経験をしたが、それほど高くなく、しかも有機栽培などと書いてある。安いとは言えないかもしれないが、四、五ドルである。当時、オハイオ州に駐在していた親友が、こういうシリアルの箱をいくつもスーツケースに入れて持ってきてくれるようになり、一年ぐらいは、毎日、夜食にグラノーラを食べられるようになった。

そのせいだけではないだろうが、体重も数キロ増え、ふっくらしてきた、と言われるようになった。最近では、医師に、かくれ肥満などと診断されたせいで、夜でなく、朝、食べるようにしている。ふつうの人々の食べ方になったのである。

シリアル（二）

アメリカから帰国する朝の空港。レストランで朝食を食べようとすると、メニューに「シリアル」があった。もちろん、スカスカのシリアルだろう。しかし、レストランにあるのはめずらしい。注文し、「ミルクついてますよね？」と、念を押した。

外国では予想外なことが多く、どうしても慎重になる。別料金でもまったくかまわないが、ふたたび人を呼んで注文し直したりと、手間がかかるし、店員がつかまらないかもしれない、などといろいろと考えて、海外にいると、ほんとうに心が安まらない。

するど、若い女はYesとも言わずに、

That's a kinda SILLY question.

と言って、嗤った。どう見ても女子高生のアルバイトだが、それが私に向かってsillyと言うのだ(私の職業はもちろん知るはずがないが)。

日本では、「はい、(もちろん)ついております」とでも言うだろう。「馬鹿なことをきくわね」などと、特に怖い顔をした中年男には絶対に言わないはずだ。

水

好きな飲み物は、と聞かれたら、きっと、「水」と答えるだろう。昔は、紅茶、エスプレッソ、などと答えたかもしれない。あるいは、冬にはそう答えるであろうか。いや、たぶん、「水」が一番よい。

水といっても、「サン・ペレグリーノ」などの発泡水である。パリに行った時、どこのレストランでも、ガス入りですか？　とかならず聞かれたものである。もちろん、ガス入りお願いします、といつも答えていた。

先日、フランス料理店で食事をしたが、十人ぐらいの中で、ミネラルウォーターを頼んだのは、私一人だった。葡萄酒とかビール、特に前者はふつうだが、「オレンジジュース」などと言う者もいて、内心、(この子はものにならないかもしれない)と、自分を差し置いて、その男子学生を憐れんだ。雰囲気がガクッと壊れるのがわかる。水は非アルコール飲料でありながら、ジュースほど、場を乱さない(と思う)。

フリオ・イグレシアスという歌手がいるが(エンリケ・イグレシアスの父である)、好きな飲み物は「水」、とコンサートのパンフレットに書いていて、ちょっと感心した。もうすでに億万長者だったので、高級酒などには飽きてしまったのだろう。

もちろん、私は高級酒を飲みすぎて水が好きになったわけではない。

スコーン

スターバックスとかに「スコーン」が置いてあって、なにかの拍子に食べることもあるのだが、どうも違う。あのボロボロ崩れる菓子をそのまま食べるのは、すこし不自然だと思うのが自然である。学生が、スコーンとはああいうものだと思ってしまったら、困るな、と思っている。

本来、スコーンというものは、クロテッドクリームとジャムを山ほどつけて食べるものである。

この甘味がなくて濃厚なクリームは、ずっと日本にはなかったが、昨今は、成城石井などのしゃれた店に置かれている。昔は、高級なホテルのカフェでも、ふつうの甘い生クリームがついてきて、ほんとうにテーブルにかがみ込むほど、がっかりしたものだった。

ケンブリッジに一か月ほどいた時、「アフタヌーンティー」という行事が組まれており、わざわざバスに乗って、郊外のカフェに案内された。

観察していると、英国人は、スコーンをナイフで水平に切って、クリームとジャムを同時に両方塗る、というより、載せて、食べている。別々に塗っていた私は、本式を見た気がして感動した（しかし、これが本式のマナーなのかどうかはわからない）。

ガイドの男性は、これを cream tea と呼んでいた。もちろん、紅茶にクリームが入っているわけではなく、クロテッドクリームをスコーンにのせて食べるお茶という意味である。

豚汁

豚汁、というものを初めて作る。とても大変な料理であることがわかった。いまさらながら、母親に感謝の念がわく。

まず、ごぼうは泥だらけで、うっかり白いまな板の上におくと、まっ黒になる。これを「たわし」で擦り、水に五分晒す、とレシピに書いてある。ごぼうに、こんなに多くの落ちにくい泥がついていることを初めて知った。

こんにゃくは熱湯で茹でて、ざるにあげる、とあるが、鍋が一つしかないので、てんやわんやになる。しかも、茹でたこんにゃくは安物のせいか、なんともいえない悪臭がする（高級なこんにゃくがあるのかどうか知らないが）。

にんじん、大根はイチョウ切り、とあるが、どういう切り方だかよくわからないので、半分に切って、輪切りにしてしまう。どうせ人に出すものではない。長ネギを一センチ幅に切って、味噌を入れてから、入れる、と複雑な指示が続く。

豚汁は、よく野外で出されたりしたものだが、こんな面倒くさい料理だったとは驚きである。しかし、野菜がほんとうに多く摂れる。野菜がなぜ体によいのか、よくわからないし、ほんとうによいのかどうかもわからないが、なんとなく、よいことをした気になる。

狩猟

現代人は、狩猟採集活動をスーパーマーケットで行なう、と言われるが、たしかに今日の夕食が確保されている（食材が揃っている、惣菜を買ってある、ないし今日のおかずを冷凍してある）と、一日中、非常に心安らかでいられることがわかった。

明日食べるものがない、という不安感で生きた狩猟民族の古代人は、ストレスが多かっただろう。

それを裏返すと、食物を確保する、という意志や、パワーはものすごかったはずで、欧米人がエネルギッシュなのもうなずける。体格から、気力から、すべておとなしいわれわれがかなうはずもない。

日本人は、農耕民族で、米などは備蓄してある。盗まれたりしないかぎり、食べ物はあるし、共同体も、長老制の車座社会、定住していて、逃げられない代わりに、相互扶助の精神があった。穏やかに時は流れ、神々に五穀豊穣を感謝する、穏やかな世界だっただろう。

コーヒーの入れ方と小太りの妻

水を電気湯沸かし器に入れる――。スイッチは、まだ入れない。

コーヒー豆を、グラインダーに入れ、豆を挽き始める。六分目ぐらい挽いたところで、電気湯沸かし器のスイッチを入れる。挽き終わったころ、湯が沸く。

円筒形のグラインダーの横腹をよく叩いて、珈琲の粉をコーヒードリップの中に落とす。湯を注いで、数分待って、できあがり。

珈琲を一杯入れるにしても、上述の手順をまちがうと、無駄な時間が生じたり、味が落ちる。茶道は長年かかって、こういう所作を能率よく整え、また様式美にまで昇華させたものだろう。

まあ、しかし、もっと適当に生きてもいいのかもしれないとも思う。コーヒーがまずくても死ぬわけではない。もし結婚でもしていたら、たぶん小太りで世話好きでおおざっぱな妻に、そんなの適当でいいのよ、と性格を矯正されていた気がする。矯正されてもよかったとも思う。

（最近、とてもスレンダーで美しいHさんというミーディアムに、もっと大雑把に生きるべきだというメッセージをもらった。もちろん、このメッセージはHさん自身からではなく、私の指導霊からである。このガイドスピリットが小太りかどうかは聞きそびれた。）

岩牡蠣

食通の教授に連れられ、赤坂見附で、岩牡蠣を食べたことがあった。夏が旬だというので驚いたが、大きさにも、値段にも驚いた。そもそも岩牡蠣という存在を知らなかった。まだ知らないことがどれくらいあるのか、恐ろしくなってくる。

その時から数年間は、オイスターバーによく行っていた。岩牡蠣も食べていたが、最近はすっかりご無沙汰している。それは、ある時、メニューに、体調の悪い時は食べないでください、と書いてあるのを見て、怖くなってしまったからである。体調が絶好調だ、と自信を持って言える時は、それほど多くない。

クリームあんみつ

不思議なことだと思うのだが、クリームあんみつという食べ物はどこにも売っていない。「あんみつ」なら、缶詰の形でスーパーでも売っている。しかし、「クリーム」あんみつはない。クリームのないあんみつは、あんみつと呼べない、とさえ思う。あんとクリームという東洋と西洋の出会い、これが絶妙な味になるのだ。

また、たまに見かけるが、単なる固いアイスクリームを載せているのも、クリームあんみつとは言えない。絶対に、柔らかいソフトクリーム状の（しかし、断じてソフトクリームではない）ものである必要がある。

どこにも見つからないので、しかたなく鯛焼きで代用するが、不満は残る。きっと、明日、街を歩いていて、どこかの甘味喫茶に入ってしまうだろう。そして、なぜか、そこには、いつ行っても、おばさんとおばあさんしかいない。

無農薬米

新潟県の建設会社が米作りをしており、毎月、米を届けてもらっている。スーパーで買うと、家に持って帰るのが重いということもあるが、なにより、二十年ぐらい前、冷夏で、タイ米を輸入するほどの不作だった時があった。その時、実家の母が、これからも不安だからと定期購入にしたのに倣ったのである。

半年分の前払いだから、仮に不作でも、契約上、米をかき集めて送ってくるはずだ、と考えるのはあまいだろうか。

この米は、土壌にも農薬が残留していない、完全な無農薬米である。しかし、安い定食屋とかで、農薬まみれにちがいない米をしょっちゅう食べていては、あまり意味がない、という気もする。

修道院のクッキー

製造者「カトリック女子跣足カルメル会イエズスの聖テレジア修道院」のクッキーを買う。

これは、汚れない処女の修道女がしなやかな指でこねて、焼き上げたものだ、さあ、食え！　と、ゼミの男子学生に配る（その年は全員、男子だった）。すると、うまい、品のある味だ、などと言い、狼のように貪り食べていた。

ちなみに、「跣足」とは、裸足の意味だが、ほかに、靴を履いたという意味の、履足カルメル会というのもある。考え方の違いで分岐したらしい。

いっぽう、トラピスト修道院のバターやクッキーは男子が作っている。若い修道士が一心不乱に何かを練っているのを、函館の修道院の、庭から見える半地下の厨房に見てしまったことがある

（見てしまった、という感じだった）。

あそこは信者か、カトリックに理解のある男子しか見学できなかったはずだ。カトリック信者で、アイルランド系の教授が一緒にいたので入れたのだろう。貴重な体験であった。

ディキャフェの重要性

一日に、二杯以上飲むと、寝付きも、眠りの質も悪くなるので、カフェインレス、ディキャフェの珈琲豆を使うことが多い。最近は、ディキャフェのアッサム茶も見つけて飲んでいる。香りは高くないが、まあ、しかたがない。

今回、通販で注文したのは、真っ黒なフレンチローストだが、なぜか利尿作用はふつうの珈琲豆と同じである。二杯飲んだら、トイレに四、五回も行く羽目になる。

これでは、眠る暇がなく、ディキャフェの意味がないだろう。ただ、眠れない原因が変わっただけにすぎない。

ほんとうにディキャフェなんですか、と電話しようと思ったぐらいだが、確かめようがない。見かけは同じであるし、酒と同じで個人性が大きく、これを飲んで眠れる人もいるだろうから。

調べてみると、腸の蠕動《ぜんどう》作用は、カフェイン以外の成分も絡んでいる、というが、利尿作用にカフェイン以外の物質が関係している、という情報は得られなかった。しかし、飲み続けて数日すると、利尿作用もふつうになる。「慣れる」ということがあるのだろうか。
不思議である。

煙草

私は、葉巻、パイプ煙草、紙巻き煙草、嗅ぎ煙草、とひととおり試してきたが、一番相性がよかったのはパイプ煙草だった。ただ、カフェで楽しんでいると、たいてい「お客様」と言われ、やめさせられてしまうのが難である。

口の中が荒れている時には、ドイツ製の嗅ぎ煙草をやっていたが、手の甲に載せた粉末を鼻から吸い込むので、同僚にとても怪しまれた。

そのうち、鼻炎になってしまい、いまではすべての煙草を止めて十年が過ぎた。しかし、吸う夢を見ることが時々ある。ヘヴィスモーカーではなかったのに、不思議である。

ところが、最近、もう一つ、水タバコを試していないことに気づいた。あれは器具が大きく、場所をとる。しかも、一時間ぐらいはゆっくりと楽しむものらしい。都内には、水タバコカフェというのもあるらしいので、機会があれば、そこで試してみたい。

ぬるいコーヒーの解消法

400円の、プラスティックのコーヒードリップだから、淹れたコーヒーが熱くないのだろうか、と考える。1万4000円のデロンギ社のコーヒーメーカーに変えてみる。これなら、抽出したコーヒーを下から電気で温めてくれて、冷めないだろう。しかし、飲んでみると、やや熱い程度で、やはり、「なまぬるい感」はあまり変わらない。

そこで、コーヒーに入れる牛乳をレンジで温めてみると、見違えるように、温かい。考えてみれば、当たり前である。カップやマグを温めておくとよい、とアドヴァイスをくれた人もいた。そういえば、紅茶を入れる時は、ティーカップからティーポットまで熱湯で温めておく、という鉄則があった。

人生の基本を忘れて、応用に走りすぎた、と反省する。

むずかしい、買い物。

パスタ鍋

ＮＨＫ「今日の料理」で、パスタ特集をやっている。今日は、いつも長蛇の列ができるリストランテのオーナーシェフであった。みな（当たり前だが）、パスタを専用の鍋で茹でている。地元の店で、その形の鍋（二重になっていて、ざる状のものが入っている）を見つけ、気にはなっていたのだが、いつのまにか売れてしまい、そのままになっていた。

それを、今回、テレビで見たため、記憶がよみがえり、ドイツ製のNudeltopf（直訳すると「麺鍋」）を買ってしまう。できれば、イタリア製がよかったのだが、ドイツ製の二倍以上の値段なので断念した。やはり、本場イタリアのものは高い。

余談だが、このNudeltopfには「超満員の場所」という意味もある。英語で言うbe packed like sardines「イワシのようにすし詰めである」と、発想が似ている。細長いものが縦にされて、ぎゅっと集められているイメージである。

しかし、その後、知人の中年女性に、プラスチックでできた、おもちゃのようなパスタ茹で器を紹介された。いいわよ、これ、と言って。で、それを貰いうけた別の知人も、ちゃんと茹であがる、と保証した。イタリアンに、私はすこしうるさいほうである。ちゃんとアルデンテになるんですか？　と食い下がると、アルデンテ al dente の意味を知らない人だった。たぶん、この「茹で器」はだめだ。

だまされたつもりで、動物の絵が描いてある、まぬけな茹で器を通販で買い（数百円である）、水と塩を入れ、電子レンジで十数分。ふつう、パスタの袋には茹でる時間が書いてある。本来七分間茹でるパスタは、この茹で器の場合、七分では足りなかった。一分ごとに、歯ごたえを試していくと、いちおうアルデンテになってしまった。

それ以来、あのドイツ製「麵鍋」は一度も使っていない。大きな鍋は使用後に洗うのが面倒で、もうこの茹で器しか使う気にならない。特に私一人しか食べないのがふつうだから、一人分だけ大きな鍋で茹でる、というのも不経済、というか、空しいものである。

「タブー」

美輪明宏音楽会「愛」に行く。昔はいつもそうだったのだが、緞帳が上がると、Tabu というオーデコロンの香りがひさしぶりに客席に流れてきて、安心する。お香の匂いに近い。銀巴里時代の昔から、浴びるようにつけていた、と著書に書いてある。（入り口の香りで、今日は丸山明宏が出演だとわかったらしい)。ちなみに、衣装だけでなく、緞帳の裏にもスプレーしておくんです、とテレビ番組で語っていた。

その本には、Tabuが発売中止になっていて、家の在庫がなくなったら困る、とも書かれていた。ある年、アメリカのデパートで偶然見つけた分をすべて買い占め(といっても、五、六個だが)、また、通販でもカナダ製を大量に買ったので、一ダースほど事務所に送ろうかと思いながら数年が過ぎてしまった。

腰の重い私が逡巡している間に、ご自分で入手されたか、ファンが進呈したのだろう。しかし、北米産のものは、往年の優美なフランス製とは瓶の形が微妙に異なっている。香りのレシピは変わっていないことを願いたい。

寺の匂い

ある大学の、狭い、定員五、六人のエレヴェーターに乗る。アメリカ人女性の講師が乗ってきて、

It smells like a temple (お寺の匂いがするわ)

と言った(本当はYou smell like a templeと言いたかったのかもしれない)。

数年前、懇親会で私の横にいた教授が、あれ! なんか線香臭い、と言ったこともある。今日は、

女性用ではあるが、美輪明宏先生ご推薦のVol de nuit夜間飛行、というコローニュもTabuの上から重ねづけしていたから、お香の香り×2になっている。お香の香りには、もちろん魔を祓う力がある（かならずしも、大学に祓うべき魔がいるという意味ではない）。

男・女の香りという区別は、昨今薄れてきているようで、たとえば資生堂のセルジュ・ルタンスというシリーズには性別がなく、みなオリエンタルな香りで、すばらしい。

私のコレクションはだいたいお香系なので、たしかに線香と同じ成分が含まれているはずである。高野山東京別院で売っている「大師香」という高級そうな線香は、焚くと、疑いもなく、インド料理の香りがする。たぶん、香辛料と同じ成分が入っているにちがいない。

傘

英国では雨が降ってもあまり傘をささない、と言われている。日本のように雨が激しくないからだとか、固くきっちり巻いた傘をほどきたくないからとか、いろいろな説があった。

土屋賢二教授の説では、雨ぐらいで大騒ぎするのがみっともない、という理由であった。私も二人の霊能がある人に、前世で英国人だったことがある、と言われたことがあるが、たしかに雨に濡れても平気なほうである。

すこしでも雨が降ると、並んで歩いている学生や教員が、すぐ傘を差し出してくれるが、えっ、これぐらいの雨、大丈夫ですよ、と言って、遠慮することが多い。

土屋説に賛成したのは、男用日傘を買ったことがきっかけである。その販売サイトに、「英国では、昔、紳士は、女性と違い、傘などみっともなくてさせるか、と言って、誰もささなかった」と書いてある。

傘は女々しいと思われていたらしく、いまでも女々しいと思われている可能性が高い。ひるがえって、日本ではすぐ傘をさすうえに、折りたたみ傘を常に持ち歩く用心深い人、オフィスに「置き傘」をしている人もいる。

しかし、男用「日傘」を買ってしまったいま、私はこれらの人々より輪をかけて女々しくなってしまっている。男の日傘はまだ市民権を得ていない。しかし、紫外線は雨よりよっぽど危険である。日傘を買ったのは、紫外線でこれ以上禿げないようにするためだ。

帽子は蒸れて、よくない。ケンブリッジにひと夏いただけで、ごっそりと禿げた苦い経験があるのだ（それからは、ほぼ現状維持で、あまり減っていない(と思う))。帽子をかぶらずに、強い北国の紫外線の中を一か月歩き回ったせいだ。

英国の日差しは日本よりきつく、紫外線もたぶん強い。英国紳士は常に帽子をかぶっていたからいいが、現代日本であれをかぶったら、こっけいだ。前世(の一つ)が英国人にしては、今生で雨に平気であっても、紫外線に強くないのは不思議である。

コートハンガー

冬、来客が数人あった場合、コートハンガーがいるだろう。しかし、振り返ってみても、訪問先にハンガーがあったのは、飲食店だけだ。個人宅にはなかったような気がする。自分の、ふつうよりかなり長いコートをどのようにしていたのかは思い出せない。膝に載せていたのだろうか。

実際、来客の可能性が生じ、また、買ったコートが長く、裾がクローゼットの床に届いてしまうため、コートハンガーを家具店へ見に行く。インターネットでは数千種類も出てくるが、事務的なものが多く、とても家に置きたくないような材質やデザインのものばかりである。

この家具店の「インテリア・アドヴァイザー」は、勤め先の大学の卒業生で、顔なじみである(前年、どこの大学？ と聞いて判明した)。ランプを取り付ける付き添いとして自宅へ来たこともある。私の好みは知られているので楽なのだが、OBに、値段を負けてくれ、とは言えないし、恥ずかしくて安物を買うこともできないのが難である。

結局、イタリアのMedeaという女魔法使いのような名前の会社の「作品」を買う。美術品扱いらしい。アールヌーヴォー風である。なぜか、黙っていても一割引いてくれたが、これはもうすぐバーゲンになるからだろう。あるいは、引いてくれないか、と懇願するような顔をしていたのかもしれない。

しかし、このハンガーは、そこにぶら下げるコート自体よりも値段が高い。このように、何かを買うと、連鎖的に別のものが必要になって、意外な出費となることが、(私だけかもしれないが)

よくある。

長い服

長いローブを着ていると、なぜか心が落ち着く。秋から春の初めの六か月間、家ではバスローブを長くしたようなものを常に着ている（手にブランデーグラスを持つことはない――。酒が飲めないのだ）。

外へ行く時も、通常よりかなり裾の長いロングコートか、オークランドの古着屋で買ったニュージーランド海軍の長いコートである。（まれなことだが）コートを作る時に、採寸する人が、いつも、こんなに長くするんですか？　と言いたそうな顔をしていた。

ある日、そういう裾を曳くコートに、ドルチェ・エ・ガッバーナ（D&G）のロザーリオをして行ったら、複数の学生が、（牧師みたい）と囁くのが聞こえた。これほど衣装が板についているところをみると、やはり前世は聖職者だろう。

こういう、膝下まである服を着ていると、明らかに心が変わるのがわかる。考え方も明るくなり、自分らしくなったと感じる。なぜだろうか。

逆に、夏場、薄着の時、どうも調子が出ない。貧相な肉体に自信がない、ということもあるが、もっとスピリチュアルな理由のような気がしてならない。そういえば、ミーディアムのTさんとのカウンセリングの時、三蔵法師のような、あるいはローマ法王のような、白地に金糸の帽子をかぶっている指導霊が見えた、と言っていた。ゾロアスター教の司祭かもしれない。宗教家は、どの宗教でも、なぜか、ローブのように長く裾を曳くような服を着ている。

カフリンクス

海外に行くと、カフリンクスを大量に買ってくる。売るためではなく、自分が身につける、ないし飾っておくためである。カフ部分のボタンを毎朝、穴に入れるのがどうも嫌なのだ（そのうえ、取れてしまうことさえある）。それに、ボタンの利便性というか、安易さがあまり好きではない。文化とは手間をかけること、無駄、遊び、だろう（胸のボタンはこのままでよいが）。

海外で、店主が喜びで表情を変えるほど買い占めるのは、もちろん、日本に、デザインのよい、おもしろい作品がないからである。唯一、気に入っているのは、薔薇をあしらった高田賢三のものだけだ（これは、特別な時、年に一、二回しか使わない）。

腕時計、カフリンクス、家具、照明器具に、日本製で、デザインのよいものができる日はくるのだろうか。

オランダはあまり好印象を私に残してくれなかったが、カフリンクスには（買うために、manchetknopen というオランダ語を日本で覚えていった）、まあまあのものがあるな、と思っていたら、あとで買ったものを精査すると、六組ともベルギー製であった。

今回の渡航の「収穫」の中で一番気に入ったのは、ロンドン・ヒースロー空港内のハロッズの売店にあったものである。やはり、英国製のカフリンクスの遊び方はよい。私のコレクションは百個以上あると思うが、二度三度と使う気にならないというものもある。いつも、つい身につけてしまうというのは、断然、英国製が多い。

黄色のタイ

二十年ぐらい前、日本にはどこの百貨店にも、黄色や金色のタイはなかった。

当時、黄色のタイが気に入っていたので、ロンドンのハロッズや、安いところでは、マークスアンドスペンサーで買うしかなく、西洋に行った時に、カフリンクスとともに買い占めたものである(三、四本だが)。

最近は、日本でもしめている人がいるが、やはり、本来はブロンドと合う色のタイなのかもしれない。黒髪のせいか、似合っている人はあまり多くなく、たいてい黄色が浮いて見える。私は(黒)髪が少ないので、その点、問題はない。

なにより、会社員が着ている濃紺などのスーツに合わせるためには、シャツを細いオレンジと淡いブルーのストライプなどにしなくてはならないだろう。ホワイト一色のシャツでは、どうもアメリカンな大味になって、日本ではおかしい。といっても、スーツをクリーム色にするわけにもいかない。黄色は魅力的だが、むずかしい。

革ベルトの交換

時計のベルトを交換する。夏になると悪臭を放つからである。(この理由で、シャツの上から腕時計をしている男子学生がいた)。

カルティエの銀座店に行くと、モデルのような青年がドアを開け、モデルのような女性が二階に案内し、修理コーナーで、ごくふつうの青年に応対される。私のようなふつうの庶民には、かなり緊張を強いる雰囲気だ(愚弟はローマのカルティエで、やはり二階に案内されたと言っていたが、きちんとした応対をしてもらうため、わざわざスーツを着ていったという)。

色を黒から茶色に変えたい、と言うと、四か月かかる、と言う。いま頼むと、梅雨時の六月だ。信じられない。さすがに富裕層はのんびりしている。じゃあ、黒でいいです、と言うと、三万七千円ほどであった。時計本体は、もちろん量販店で、正規価格より安く買ったものである。一割はベルトの値段なのか。

二年ごとに三万七千円かかると思うと、メインテナンス費用として、ブランド時計は高すぎる、と思う。ブランド品は無理して買うものではない。維持費をなんとも思わない、余裕のある人が買うべきである、と悟らされた。

こういう時、いつも思い出すのは、假屋崎省吾氏の豪邸である。地下室（といっても、パリのオペラ座を模したものだ）のカーテン（スイス・フィスバ社製）だけで、たしか七百万円、カーペットが一千万円である。クリーニングに出したら、よくわからないが、毎年、百万円以上かかるのではないか。

しかも、三階建てである。メインテナンスの費用を先生は計算に入れていたのだろうか。維持するというだけで、毎年、数百万円の金がかかるのではないだろうか。たぶん、それぐらいなんともないほど稼いでいらっしゃるのだろう。

高価なものは、維持管理費がかかる。だから、購入時の値段だけを考えて買うと、あとでたいへんなことになる。億ションが買えそうだとしても、その管理費プラス修繕積立費は（当たり前だが）、ふつうの賃貸マンションの家賃より高いことが多い。次元は低いが、ブランドの時計も同じだろう。

踏み台

本棚の上には、「上置」という別売りの棚が置いてあり、その上にもさらに本を並べている。当然、天井近くに並んでいる本は、なんとか手で届いたとしても、ジャイアント馬場レヴェルの身長でないと、抜き出すことはできない。どうしても、はしごか、踏み台が必要になる。

最近は本が増えて、天井付近に、よく使う資料まで置かざるをえなくなった。調べなくてはならないと思って、机に持ってこようとするのだから、瞬時（少なくとも数分の間）に手に取れないと意味がない、というか、役に立たない。その本を所有していないのと同じことになってしまう。

そこで、通販の踏み台を買ったのだが、寸法をよく見なかったので、届いてみると、あまりに大きすぎて、書斎の机をずらさないと入らない。これはしかたなく、電球交換用、掃除用にすることにした。

風呂場によく木の椅子があるが、あの程度、三十センチぐらいの高さの、小さい台が必要である。ネットで探してみると、「踏み台」というのは、なぜか、みな大きい。

唯一、ニューヨークのデザインだという台があったが、さすがに色が派手である。しかも、プラスティックというのが安っぽい。これは却下。

「フォイルズ」など、ロンドンの書店には梯子が置いてあったが、あれの小型があれば、木製で、品もよい。しかし、たぶんあれは、店の書棚の高さに合わせた特注品ではないかと思う。

ソファーのために住居を変えること

ソファーのカタログを見ると、横幅１８２ｃｍぐらいの日本サイズと、２２０ｃｍといった欧米サイズの二種類があるようだ。後者は、置くのに苦労する（富裕層を除く）。しかし、いつか置いてみたい。そして、脚を伸ばして昼寝をするのだ。いまのソファーでは足を曲げないと眠れない。

また、座高も違っていて、およそ42cmの日本サイズと、60cmの欧米サイズがある。したがって、センターテーブルの高さも違ってくるし、サイドテーブル、テーブルランプ、まわりのインテリア小物も、大きさ、高さの面で、調和させるのは簡単でない。調和しなくていいのなら簡単なのだが、ソファーだけが大きいというような、ちぐはぐな部屋になってしまうだろう。

まあ、日本の家屋だから、和洋折衷は基本なのだが、それにしても、部屋の大きさのわりに、やけに高いテーブルと、やけに長いソファーというのはみっともない。

そもそも、大前提として、インテリアに金をかけるなら、全体、つまり家に金がかかっていないと、調和しないだろう。ごくふつうの集合住宅に、Faustig のシャンデリアがぶら下がっているのは、ややグロテスクであると言われてもしかたがない。しかし、外が安っぽいならば、中はすこしでもましなインテリアにしたい、というのも、哀れかもしれないが、人情だろう。

昔、学生の家に行った時、明らかに裕福な家だとわかるのだが、一階は飲食業の店舗で、二階に招かれると、応接間は、それほど広くない（しかし、リヴィングとは別に応接間があるだけでもすごい）。そこに、テーブルとの間が狭く、足が伸ばせないほど大きな、アメリカンなソファーがあった。

どうみても、部屋とのバランスが悪い。大きすぎて、床がほとんど見えないのだ。しかし、気持ちはわかる。ショールームで気に入った、外国製のソファーが届いてみると、この（日本的には小さくない）部屋には大きすぎたのだろう。

シャープペンシル

私がもっともよく使う筆記用具はシャープペンシルである（出力する文字数的には、「プリンター」のほうが圧倒的に多いが）。ボールペンも万年筆も、あまり用がない。二番目によく使うのは、たぶん筆ペンだろう。シャープペンシルは、授業の予習として、テクストに書き込み、出席簿にチェックを入れるのに使う。また、本を読んでいて、サイドラインや書き込みにも使う。プリントアウトした草稿に書き込むのも、この筆記用具である。

したがって、シャープペンシルは数も一番多く、各鞄に一本ずつ入れているので、下は一本百円のものから、上は英国のきわめて美しい銀製 Yard-O-Led まで、十数本はあるのではないかと思う。

パテック・フィリップ

パテック・フィリップの雑誌広告。貴殿は時計をお求めになるのではなく、次世代の子孫のためにただ管理なさるのです、というコピーが有名である。百年以上もつ、ということが言いたいのだろう。正直に言うと、独身の私には、ちょっとしゃくだ。

子孫がいない独身者は、何かを残しても、甥や姪や従兄弟が相続するだろう。生命保険も、疾病保険に重点を置いて、死亡保険金は、ふつうの人のように何千万円とかにせず、葬式代ぐらいの最低限にしてあるはずだ（その葬式も出してもらえるかどうか、わかったものではない）。

しかしながら、パテック・フィリップは、子孫がいないのだから、買っても意味がない、と刹那的に考える必要はない。このあたりは人生観の違いだが、自分の世代限りでも、美や豪奢なものでまわりを囲むのがよい、と思う（囲みたい人は）。今生をいかに生きたかが重要で、子孫、先祖は、スピリチュアル的にはあまり関係がない。

まあ、美でまわりを囲むのも、特にスピリチュアル的とは言えないかもしれない。しかし、十分スピリチュアルなジョセフ・マーフィーは、人生を美で囲むべきです、という表現をしょっちゅう使っている。

コーヒーミル

コーヒーミルをいったい何台買い換えてきただろうか。六、七台はくだらないだろう。通販サイトのレヴューで見ると、一台を十八年も使っているという人がいて、驚く。

電動式を使ったことがあるが、部屋中どころか、家中に響く大音響に閉口して、やめた。くつろぎたい時にあの音がすると、コーヒーをいただく意味そのものが損なわれる気がする。カフェなどでも、相手の話し声が聞き取りにくくなるほどミルの音が大きいことがあるが、興ざめだ。

いろいろと調べて見ると、コーヒーミルというのは、すり潰すタイプの歯なので、胡椒・塩のグラインダーを出しているプジョー社製がよさそうである。しかし、引き出し式の木の箱に粉を落とすタイプは、箱に油分が染み込んで、不潔になりがちであることが経験上、わかっている。哲学者カントも、コーヒーの「油」を危険視して、飲むのを止めたという。

考えたあげく、ザッセンハウス社の、装飾品にもなりそうな、金メッキで美しい円筒形のものにする。いま使っている日本製もスマートな円筒形だが、回しているうちにハンドルが外れてしまう。見ると、ネジ穴が変形して、シャフトとの間にいつの間にか隙間があいている。アライグマのように、毎日、クルクル回していたからだろう。

スーツのパーツ

ふつうのスーツの場合、袖のボタンは、飾りというか、これはボタンですよ、という記号にすぎない。ただ無意味についているだけである。しかし、高級なスーツのボタンは着脱できるようになっている。それが本来の姿である。

これは、背広発祥の地と言われる、ロンドンのサヴィル・ロウが、仕立て屋が集まる前、外科医の居住区だったからだ、という説がある。外科医が、手術の時、ボタンを外し、袖をまくれるようにしたのが、あのボタンの始まりらしい（ただ、手術なのにスーツを着るだろうか、という疑問は残る）。

また、スーツの左襟には、ブートニエールと呼ばれる穴がある。しかし、いまは筋が入っているだけで、穴になっていない。あそこには本来、花を差すのである。オスカー・ワイルドは、くちなしの花を毎朝、ブートニエール用に取り寄せていた。これこそ、文化というものだろう。いまでも、チャールズ皇太子は、よくカーネーションを差している。

花など差さなくても、生きていくことはできる。しかし、無駄なものが、じつは経済をも動かすのである。

太陽電池

ふだんは手巻き、というか、自動巻きの時計をしている（いざ外出しようとする時には止まっているので、毎日十回ぐらいは手で巻く必要がある）。しかし、これを入試監督の時に使うのは危険である。二十秒早く、「解答を止めて、鉛筆を置いてください」と言っただけで、クレームが来かねない昨今である。したがって、入試期間中は、一秒も狂わない太陽電池の電波時計を使う。

ところが、当然、年に数回しか使わないため、書斎の白熱灯の下に置いておいても、本の影などに入って、止まってしまう。今年は本格的に止まって動かない。いよいよ故障かもしれない。店に持っていくと、白熱球の下に、四十八時間置いてください、と言う。置いてみて、動くかどうか確かめないと、故障かどうかもわからないと言う。入試には便利だが、一度止まると、じつにやっかいな時計であった。

「ハーフ・アイ」

白内障の手術後、目が単焦点(三、四〇センチのところ)になってしまったので、老眼鏡(別の名称はないのだろうか?)をかけて授業をすると、教室内の学生の寝顔がよく見えないことがわかった。そこで、半分下へずらしてかけ、寝ているかどうかを確認する時は上目づかい、机上のテクストや資料を見る時は下目づかい、という妙な形になる。

いい眼鏡がないかと探しているうち、そういう目的の「ハーフ・アイタイプ」という、わざとずらしてかけるデザインのものがあることがわかった。Rodenstockから出ているので、注文してみる。届いてみると、納品書を見て、初めて大阪の眼鏡店であることが判明する。

フレームの上部はフレームがない。サイドと下のみに金属があり、上はレンズがむき出しである。これは上目づかいの時に視界下方、下目づかいの時に視界上方を遮るラインを薄くするためだろう。さすがにドイツの機能主義はすごい。

手ピカジェル

数年前、一年間に二度、ノロウィルスにやられて以来、手ピカジェルを、四つの鞄すべてに入れている。特に、素手でナンを食べるインド料理店へ、いつでもぱっと入れるという配慮もある（インド人が素手で食べる理由は、スプーン、フォークは赤の他人も使うので不潔だと思っているからだと聞いた）。

二度目のノロウィルスの時は、一月三日で、文字どおり這うようにして夜中の二時、救急外来にたどり着くと、出てきたのは、日本語が片言の中国人の整形外科医だ。

彼の「正月」は旧正月だが、日本人医師は三ケ日に宿直しないのだろう。日本の医師免許は持っているはずだが、申しわけないことながら、処置に不安を覚える。自衛して、二度とかからないようにするしかない、と覚悟した。医師の日本語がこころもとないと、技量までこころもとなく思えてしまう。

学生や卒業生とインド料理店に入っても、手ピカジェルを使うが、使う？　と聞いて、いえ、いいです、と断られたことがない。みな、素直に、両手を私に差し出す。儀式のようだ。両手の掌に、ドロドロと透明な液体を垂らすのは、なんとなく悪い気分ではない。慈愛ある父になった気分である。

海外へ売らない商品

Bath and Body Worksのハンドソープは、本社のあるオハイオ州の店で見た時は、五つで十五ドルだった。「踊る水」「官能的な琥珀」「エキゾティックなココナッツ」など、いろいろな香りが楽しく、抗菌なのもうれしい。しかし、アメリカのオンラインショップで探してみると、北米以外には売らないという。

そこで、日本の輸入業者から買うと、一つ十四ドルであった。ひどい商売だ。アメリカの五倍である。商品自体が安いので、送料のほうが高くなってしまうから、海外へは売らないのだろうか。不思議である。

時々、こういう、国際販売はしない、とうたっているサイトがある。画像があり、説明があり、ショッピングカートに入れて、支払い方法を選ぶあたりで、初めて外国へは送りません、などと書いてあり、がっかりすることが多い。

ひどい場合には、最近、現にあったのだが、サイトの中の特定の商品のみ海外へは送れない、などということもある。どういうわけか、理由が書いてあったためしがない。

キヨーレオピン

ある超高級住宅地の近くに薬局がある（私がそこに住んでいるわけではない）。偶然、新型インフルエンザの流行っているころにマスクを買おうとすると、つやつやしたおじいさんの店主に、マスクなんかじゃなくて、インフルエンザにかからない体にしなさい、山本富士子さんも何十年と飲んでますよ、この「キヨーレオピン」、と言われ、それ以来、飲み続けている。

たしかに、それ以来、風邪はひいていない。しかし、もともと私の家系は、父方、母方ともに風邪をひかない人が多いから、効果があるのかどうかはまだ断定できない。

この「キヨーレオピン」だが、安い楽天ショップで買っても、一瓶＝一か月半で四千円ぐらいはする。それならば、風邪をひいたときの医療費よりは高いのではないか、と思い到る。したがって、コスト的には合わないのだが、風邪をひかない快適さ、肺炎とかにならない安全を買っている、ということになるだろうか。

サンタマリア・ノヴェッラの石けん

事務職員の女性に、肌がきれい、と言われる。そんなことを男に言われたことがないから、世辞に決まっている。それに、自分で鏡を見ると、きれいではない。そもそも、男に肌が綺麗などと言うだろうか。男扱いされていない可能性もある。ケアはどうしてるんですか？ と言うので、毛穴を化粧でふさがず、酒、タバコをやらず、天然成分だけで作られた薔薇の石鹼を、細かく泡立てて、手でこすらずに、その泡だけで洗顔してみたら？

と言いかけたが、やめて、何もしていませんよ、と答えた。

むずかしい、人々。

キャーと叫ぶのはなぜか

私は昔から、女性がキャーと叫び、男は絶対にキャーとは言わない理由を考えてきた。すると、最近、NHKで、この話題が取り上げられ、キャーという声は、周波数の変化が大きく、音声学上、耳によく聞こえるからである、という説明があった。

しかし、どうも本質的な説明には思えない。私が知りたいのは、むしろ社会学的な説明である。猿はキャーと言わないことが、番組でも言及されていた。ということは、オスを引きつけたりするためではあるまい。

なぜ、男はキャーと言わないのか。幼時からの教育のためなのか。しかし、幼稚園でも、それ以前でも、キャーと言ってはいけません、と教えられた記憶がない。

男言葉、女言葉のようなものなのだろうか。たしかに、ニューハーフなら、かなりの確率で、というより、ふつうの女性より、キャーと言うような気がする。

男(子)が青、女(子)が赤を好む、というのは、そういう色を乳児の時からあてがってきたからだ、というジェンダー論の説明は有名である。しかし、ピンクや赤だけで育てた男児、という実験をしてみないと、ほんとうのところは、わからないのではないか、と思う。女言葉を使った時に、男児が矯正を受け、男言葉に変わってゆくのと同じだろうか。

しかし、そもそも男児が、驚いた時などにキャーと言うのは、あまり聞いたことがない（自分の子どもがいなかったので、サンプルは少ないが）。

女性はキャーと言えばすむ、などと言うと、かなり語弊があるが、まあ（相手を威嚇し、まわりの男が助けるなどして）、自己利益は守られるような気がする。かなりの威力を持った言葉、というより、音である。助けてくれ、という含意があるのだ。いっぽう、男は、キャーとは言えないので、どんなに恐ろしくても、黙っているか、ダーなどと叫ぶしかないであろう。

気まずい耳鼻科

地元には、なぜかほとんど耳鼻科がなかったのだが、開院したばかりのクリニックに行くと、高校の同学年の男が院長であった。見覚えのある名前なので、帰宅後、高校の卒業アルバムで確認したのである。

しかし、当時の母校は一学年に10クラス近くあったので、たがいに面識はない。かすかに名前を聞いたことがある程度である。卒業アルバムでは精悍に引き締まっていた顔が、いまはレスラーのようになっている。こちらは高校の時から5キロしか増えていない（腹だけに、その5キロがついている）。

舌を引っ張られ、高い声でエーと言ってくださいなどと言われ、素直に「エー」と言うのは、かなり気まずい。たぶん、向こうもなんとなくこちらのことをわかっているかもしれない、と思うと、いっそう気まずい思いがした。

耳鼻科さまざま

どうも、最近、のどの調子がおかしいのだが、どの医師にかかっても埒があかない。呼吸器科も耳鼻咽喉科も数件回ったが、症状は変わらない。

唯一、学んだのは、耳鼻咽喉科医師を、英語で、otolaryngologist/otorhinolaryngologist（ギリシャ語で、耳（＋鼻）＋咽喉＋医師）ということである。ギリシャ語を、ただ三、四個並べただけの単純な造語だ。

気のせいだ、と言って、神経症の漢方薬を出す神経質そうな医師。鼻炎が原因で喉にきていると いう老医師。ぜんそくではないかと疑う、なんとなく信用しかねる雰囲気の医師。あと残るは地元の耳鼻咽喉科だが、これは前述したように高校の同級生なので、二回目は恥ずかしくてかかることができない。

私は口腔内の名称を多少くわしく知っているので、軟口蓋の奥か、口蓋垂に何か貼りついていませんか、と尋ねると、老医師は、にこりともせずに、ここか？　どうれ刺激してみよう、などと言って、あまり本気で取り合ってくれないのは遺憾なことである。

パンチョ

「雑巾がけ、しなさい！」と父親が来客に叫ぶ、という噂のある同級生がいた。小学校三、四年のころである。その父親の名前はパンチョと呼ばれていたが、由来は不明である。そうしているうちに、その子の家、というより、豪邸へ私一人で遊びに行くことになった。

部屋にいると、いきなり入ってきて、たしかに言った——。

なんですか、人のうちに勝手に入ってきて。雑巾がけしなさい！

同級生はパンチョに何か叫んで、追い払った。そのあと、逃げるように帰った……という記憶はない。しばらくいつづけて、たしか小太りで、ごく常識的な母親と話した気がする。

昔はソロバンの先生だったが、頭がよすぎておかしくなってしまったとかなんとか、いろいろと噂を聞いた。不思議なインパクトを与えられたまま解決していない事件である。

その同級生も、邸宅も、いまあるのかどうかわからない。歩けば十分ほどのところだが、四十年以上行っていないし、会ってもいない。もう、一生会うこともないだろう。

禿げている神父

大学時代、禿げているN神父という教授が

I'm BETTER than Fr. M.

M神父よりは私のほうがマシだ。

と言っていて、われわれ学生は、大してハゲ具合は変わらないのに大人げない、と思っていた。しかも、俗人でなく、司祭なのだ。

しかし、いまは、すこしの髪の差が、激しいライヴァル心を燃やすということがよくわかる。特に、クラス会に出ると、まず同級生の髪の量を瞬時にチェックするようになる。嫌な心理だが、しかたがない。相手の地肌が見えると、（勝った！）と思うらしい。この点で、悔しいことながら、私は同級生のプライドの保持に大きく貢献できていると思う。

おばさんたち

語学を習おうと、太極拳だろうと、書道だろうと、中年、初老のおば(ー)さんばかりである。きっと、お茶や日本舞踊を習ってもそうだろう。男はどうも習い事をしないようだ。

おばさんの中には、

(一) 菓子やいろいろな物品、情報をくれたり、(一対一ではない) 食事に誘ってくれたり、かかわりができる人

(二) 私を明らかに避けている人

(三) 避けないが、かかわらないようにしようという態度が見える人

に分かれる。女性の心理は複雑だ。

愛妻弁当の疑い

休憩室に、いつも細長いランチボックスを持ってきて食べている、若い西洋人の教員がいる。中身は、そっと横目で見ると、純和風である。偏見かもしれないが、西洋人が作れるようなものでは

ない。専任ではなく、任期付き教員らしいので、面識がない。愛妻弁当なのか、あるいは驚愕の自作なのか気になる。

おそらく、年上の日本人女性に、アメリカで騙されて（その気はないのに妊娠させたなど）、来日せざるをえなくなったのかもしれない。まだまだ遊びたかった、という青年独特のオーラが依然として出ている気がする。愛妻弁当で落ち着く年齢ではない。

アメリカンな同僚

昼休み。隣りで、出前のしょうが焼き弁当を食べている同僚を見て、驚く。なんと、コカ・コーラのペットボトルがおいてある。

えっ！　ご飯とコーラなんですか？　と聞くと、ええ、なんか、くせになっちゃって、と言う。アメリカの大学院の博士を持っているこのアメリカンな秀才は、すっかりアメリカナイズされているようであった（ちょっとうらやましくもある）。

欧米の、乾燥した気候では、たしかにコカ・コーラは美味しいと思う。多湿な日本で飲むよりも明らかにおいしい。しかし、日本で作られているコーラとは味が違うのかもしれない。日本からコーラを持参し、欧米で飲んでみるか、欧米で買ったコーラを日本へ持参して飲み比べてみる実験が必要だろう。

こだわること、こだわらないこと

過去に、女性の芸術家はほとんどいなかった、と言うと、フェミニストな女性は、それは、男たちが、女を家に閉じ込めて、家事労働をさせてきたからじゃない！　と怒るのがふつうであった。しかし、話はそんなに単純な問題ではない、と思う。そういうこともたしかにあるだろうが、より本質的には、細かいところにこだわるかどうか、ということだ。芸術家に多いゲイは、この点で、むしろ男の中の男、と言える存在である。

芸術は、零点一ミリ、零点数秒にこだわる世界だろう。美輪明宏先生がよく書いているが、イヴ・サン・ローランが、コレクションのリハーサルで、モデルが違う靴を履いているのを見て、ああ、違う、と言って失神してしまったという。

もちろん、多くの女性のように、おおらかで、こだわらないタイプのゲイも多いだろう。こういうタイプは芸術家にはならず、もっと、女性に近い、地に足のついた生き方をするはずだ。

ストレートの男はどうしてもチマチマと細かい。誰かと一緒に暮らすなら、おおらかで、こだわらないタイプが救いになる。ゲイの男性でも、サン・ローランのような繊細なタイプなら、女性らしく、大雑把なゲイと暮らすのがよい。

セクシュアリティーを問わず、細かいタイプ同士がカップルになることは、たぶん、ないだろう。

たがいに妥協しないので、窮屈すぎて、無理がくる。そういう点で、サン・ローランのパートナーがどういう性格だったのかは、大いに気になるところである。

東京日仏学院

大昔、東京日仏学院の、高等師範学校《エコル・ノルマル》を出た、超エリートのフランス人教師のラテン語のクラスには、私を含めて、変人が勢ぞろいしていた。

辞書、資料を机に積み上げる中年男（「城壁氏」Monsieur Rempart と陰で呼ばれていた）。独り言を言う男。いくら当てられても、絶対、訳読をしないで、五年間、ずっと聞いているだけの老人。すぐキレる中年独身女。某大会社副社長夫人。パリに長く滞在したフランスかぶれのおばさんたち。いつも教師に見当違いの質問をしてたしなめられる、年齢不詳の青白いやせた女。

語学学校には、（あくせく）働く必要はないが、自己実現ができなくてもがいている（と思われる）マダムやマドモアゼルたちが溢れている。しかし、教養はあって、プライドは高いので、あつかいが大変である。

プライドは高くても、裕福なマダムは心に余裕があるので、ほんとうに穏やかで、感じがよく、親切である。ちょっとしたことで文句を言ったり、クレームをつけたり、過剰反応したりはしない。金持ち喧嘩せず、というのはほんとうだと、何度も実感させられた。

先の尖った靴

悪魔くん、という水木しげるの漫画の実写版があった。「エロイムエッサイム、回れ地獄の魔方陣」で始まるエンディングテーマは楽しい(のに、カラオケにない)。踊れるほど、軽快な曲である。これに出てくるメフィストという間抜けな悪魔がいるが、彼の靴は上向きに尖っている。

これと同じような靴を、なぜか、小学校のすぐキレる女性音楽教師が履いていた。月曜の朝礼で、台に立って校歌の指揮をするのだが、列の前のほうにいる私は、その靴の先端がちらちら見えて、とても怖かった。

思えば、あの教師は目立ちたがり屋だったのだろう。あとにもさきにも、校歌の指揮はあれが初めてである。

尖った靴で思い出したが、ダニエーラというナポリ人にイタリア語を習っていた。この、美しいけれども、縦にも横にも大きな女性は、尖った、いかにもイタリア製という靴で、鞄や袋をたくさん持ち歩き、とても変わっていておもしろかった。さすがにイタリア人で、やぼったくはない。

しかし、尖った靴は、いつもわれわれ受講生のほうを向いている。答えをまちがうと、あの悪魔のような靴で蹴られるんじゃないかと、やはり怖かった。もう十年ぐらい前のことだ。

その数年後、ＮＨＫイタリア語講座で、このダニエーラが、恐ろしいメイクをし、女悪魔のような役で、地球人を責める的なコントに出ていた。さすがに制作者は目の付け所がよい。あるいは、単にあの尖った靴を見て、悪魔役がいい、とインスピレーションを得たのかもしれないが。

付属病院の医師

大学院時代、大学の医務室には、付属病院の若い、しかし威張った医師が、やる気なさそうにやって来ていた。学生を相手にするのだから、交替でしかたなく来ているにちがいない。私でも、もし医師だったなら、研究の時間が減る、と言って嫌がっただろう。

ある日、診療を受け、動悸がする時（しなければ死んでいるが）、カフェインレスのコーヒーを飲んでもいいですか、と聞くと、動悸がするのに、なんでコーヒーを飲むんです、とその女医に大声で怒られた。

二十数年前、医学部は体質が旧態依然で、患者の生活の質は考えなかった。いまでも、そういう医師がいるかもしれない。ディキャフェ、ノンアルコールビール、カフェインレスの紅茶まであって、飲めない人でも人生を楽しめるように、と考える欧米とは、残念ながら、文化の成熟度、民度が違いすぎる。なにしろ、病院で子どもが怖がって泣くのは日本だけらしい。輸入文明のゆがんだ権威主義。

日本でも、高野山では、肉が食えないので、がんもどきとか、胡麻、豆腐で、肉のような見かけ、歯ざわりの精進料理を工夫して作ってきた。それが文化というものである。

察しない人々

日本人は相手の言いたいことを察するが、非日本人ははっきり言わないとわかってもらえない、と言われてきた。

昔、ある本で読んだが、ホームステイをしていた西洋人学生の、そのステイ先で急に不幸があった。ホストマザーは、葬式なのだから察してくれると思って、食事を作らなかったという。すると、腹を空かせた、そのフランス人の学生は、食事を出すことを要求し、契約違反だと言ったらしい。

ほんとうに察しの悪い奴だ。というより、察する文化を持たないのだろう。何千年と異民族が混じり住む中で、言葉ではっきり言い、契約書を取り交わさなくては危なくて生きていけなかった歴史があるにちがいない（英国の「紳士協定」は例外である）。

日本人なら、どんなに無慈悲、無神経な人でも、喪中の主婦に飯を作れ、とは絶対に言わない。背景は、

（一）日本人の察する力が強い
（二）喪中に気づかないほど、非日本人の勘が悪い

(三) 非日本人も察してはいるが、言葉で言われないと納得しない
(四) 非日本人も察してはいるが、契約は契約、それはそれ、これはこれ

となるだろうか。しかし、日本の生活が長い非日本人の中には、日本語が苦手でも、驚くほど察する力が強い人もいる。これは、

(一) もともと霊感、察する力が強い
(二) 日本にいるうちに察しがつくようになった
(三) 日本語があまりわからないので、かえって、仕草・態度に敏感となっている

という状態が考えられる。

細やかな愛情

学者夫婦。夫に、妻が目薬をバッグから取り出して手渡す。それを見て、私が、細やかな愛情はうらやましい、と嘆息すると、何を思ったか、別のワイルドな感じの女性教員が、私に向かって、目薬を差し出した。ギャグのつもりだろうが、遠慮した。

私が欲しかったのは、こまやかな愛であって、目薬ではない。

ところが、横にいた下ネタだらけの教授が、その目薬を取って、差した。みんな、焼酎のボトルを四本も空けて、わけがわからなくなっているのだ。私はただ一人、ウーロン茶の素面《しらふ》であった。

「仮面ライダー」

昔、紅白歌合戦で、白組司会の加山雄三が、「少年隊の「仮面舞踏会」」と言うべきところを、

「おい、張り切っていこうぜ！　初出場！　少年隊！　「仮面ライダー」です！」

と絶叫し、日本列島が震動するぐらい、全国民が腹を抱えて笑ったのは有名である。ご本人は嫌な思い出かもしれないが、何百万人という人を腹から笑わせてくれたのだから、私は、彼が徳を積んだのではないかと思う。

気が沈んだ時に、これをYouTubeで見ると、腹筋が痛いほど笑うことができて、回復する。しかし、いま見ると、NHKの申し立てで削除されたという。アーカイヴズで見ることができればよいのだが。

楽しそうな会社員

東京駅。私服のサラリーマンたちが肩を叩き合って楽しそうである。社内旅行、などというものがあるのかどうか知らないが、そんな感じ。ゴルフのスイングの練習をしている。携帯で、写真なんか撮りあっている。

車内の別のサラリーマンたち。缶ビールを飲み、つまみを回したりして、やはり楽しそうである。こういうなごやかな風景は、私の職場では、見たことがない。大学は、このようなグループで動いた経験が（あまり）ない人の集団だ。

しかし、定年後は、この楽しそうな会社の人間関係はゼロになると聞く。にわかには信じがたい。

改名

渡辺えり(子)のことは昔から気になっていた。というより、彼女の芝居は見たことがないのだが、トーク番組では、いつもいいことを言うので、なるべく見るようにしている。

「子」を取ったのは、美輪明宏先生に、数年前、改名しなさい、と言われたかららしい。昔、先生の演出助手をしていたのだから、こういう忠告には逆らえないだろう。ほかにも、美輪先生に言われて、改名した編集者の話を聞いたことがある。

そもそも美輪先生自身、丸山臣吾、丸山明宏、美輪明宏、と変遷してきている。余談だが、「美輪明宏」の四文字を見ていると、先生の姿をそのまま写し取ったように見える。「美」が頭、「輪」が上半身、「宏」が裾を曳くドレス、というように。

悲しみとバレエ

レニングラードバレエ「ロメオアンドジュリエット」。このバレエを初めて見て、思う。バレエで悲しみを表現するのには、無理がある。のたうつように舞台を移動したり、両手を上げて下げたり、といったありきたりの所作。顔を覆う、いわば、悲しみの記号、符牒だ。台詞がないだけ、説得力は演劇に劣るだろう。

悲しい時、人はワルツを踊らないし、跳《と》んだり跳《は》ねたりしない（「悲しいワルツ」という曲はあるが）。しかし、観客が拍手して喜ぶのは、まさに、跳《と》んだり跳《は》ねたりの場面である。どうしても、バレエでは悲しみの表現が平板で、説明的になってしまう。

むずかしい、私。

膨満感と呑気症

腹部膨満感で食欲がなく、ひたすらマサラチャイを飲んで生きている。マサラチャイとは、インドなどで飲まれる紅茶で、いろいろな香辛料(=漢方薬)が入ったものである。

昔、渋谷にあるサムラートというインド料理店のインド人マネージャーと親しくなり、レシピを聞き出すのに成功したことがある。カルダモン(小豆蔲《しょうずく》)、シナモン(肉桂)、ジンジャー(生姜)は覚えているのだが、あと一つがクミンだったか、クローヴ(丁香)だったか、どうも思い出せない。

この店のカレーは、たぶん、飛び抜けておいしいというわけではないだろうが(まずいわけではない)、マサラチャイは、世界中、というと大げさだが、オランダ、イギリス、アメリカ、日本で、私が入ったどの店(数十店)よりもスパイスがしっかりと効いていて、おいしい。

話は逸れたが、腹部が膨満するのは、学会とか研究会とか会議のように、人が多いところへ出たあとである。会議が二つ続いたり、たとえ一つしかなくても、長引いたり、半日、学会発表を聞かされたりすると、それが引き金となって、一、二週間は、胃腸がおかしい。

人に酔う、という人がいるそうだが、それに近いのかもしれない。いわゆる憑依体質の人もそうだが、私は普通体型で、まったく憑依体質と正反対である。憑依体質の人は太っているか、やせているかのどちらかからしい。

以前、腹部が苦しい時、触診と問診を受けたところ、呑気症《どんきしょう》aerophagiaと診断をされたことがあるが、知らないうちに、ため息などで空気を呑み込んでいるらしく、それが排出されないから苦しいのだと言われた。加えて、ストレスがあると腸が動かなくなるという。

しかし、ため息は「吐く」ものなのに、じつは空気を呑み込んでいる、というのはおもしろい。ため息をつかないような呑気《のんき》な人なら呑気症にはならない、ということだ。

五感と視線

こちらが見るから、向こうも見るのであって、こちらに気があるわけではない、という真理は、小学生以来、嫌というほど体験している。

あれ、なんで、ちらちら見てるんだろう、と思う自意識過剰は、いいかげんに止めたいと思う。

しかし、視線に気づくのは、触覚なのだろうか。視覚、聴覚、味覚、嗅覚ではないことはたしかである。あの、なんとも言えない、見られている感じ、というのは、やはり触覚、皮膚感覚なのだろうか。「触覚」と言うが、何に何が触れられているのだろうか。

姿勢の正しさ

　私はふだん猫背だが、太極拳の時は、中国にとどまっていれば、一生、年金を貰えたはずの武術チャンピオンの先生が、「背筋を伸ばーす！」と何十回も叫ぶおかげで伸びている（と思う）。その声が、数日は頭の中を巡っているため、その間はたぶん姿勢がいいが、三、四日すると、また元に戻っている。

　しかし、姿勢がいい時の私を見た人は、私を猫背とは思わない。いつも姿勢がいい人だ、と思ってしまうだろう。

　結局、いまこの瞬間瞬間の姿勢をよくしていないとだめなのだろう。気づいたら、伸ばす。そのくりかえしが、一日中、姿勢のよい人を作るはずだ。いまはいいだろう、などと例外を作ってはいけないのだ。

　しかし、意識して、努力しつつ背筋を伸ばしている人と、もう習慣的に伸びていて、努力感のない人がいる。第三者からは同じに見えるとしても、ほんとうにこの両者を同じと考えていいのだろうか。また、見る人が見れば、両者は違って見えるのではないか、とも思う。

断ち物

伝統芸能の師匠などが、発表会の前に茶断ちをすることがあるという。また、護摩祈禱をするなら、神仏におみやげを持って行ったほうがよい、つまり、何か一番好きな物を断つのがよいと、密教僧も書いている。

私の祖母も、よく塩断ちをしていたようだった（目的は不明である）。美輪明宏先生も五穀断ちをしている、と江原啓之氏との対談で語っていた。彼は日蓮宗だから、何かを断つのは、真言宗・天台宗だけではないようだ。

断ち物をするなら、一番好きなものを断たなければならない、というので、珈琲と紅茶を両方断ったことがあったが、すると、朝食に珈琲しか飲まない私は非常に不便である。が、不便なのが断ち物だろう。楽なら断つ意味がない。

しかし、そうすると、カフェで飲めるものも、ココアとオレンジジュースだけになってしまう。これは、サンドウィッチなどととても相性が悪い、ということで、最近は、切羽詰まった護摩を焚いてもらう時でも、珈琲だけを断つことにしている。

英国でも、ずっと紅茶というわけではなくて、十七、八世紀にはコーヒーハウスという社交場があり、議論しながらコーヒーを飲んでいた。ひと昔前、ロンドンで飲んだコーヒーはひどい味がしたが、いまはどうだろうか。

いっぽう、紅茶は、ティーバッグ五十袋まとめ売り、というような安いものでも、日本で飲むよりおいしい。これは、よく指摘されるように、茶葉というよりは、英国の水にカルシウムなどが多く、紅茶に向いているからだろう。

すぐ治る急病

不思議である。

三人でリストランテに行くことになっていた。男二人女一人である。現地集合だったが、出かける準備をしようとすると、急に妙な寒気がし、腸が異様に動き始める。

小一時間、どうしようか迷って、結局キャンセルする。とても、口から物を入れる気分ではない。また、数分おきにトイレに行きそうな気配がする（実際に行くことはないのだが）。

食事が始まることになっていた七時をすこし過ぎると、症状は軽減し、行かれるのではないか、という感じになった。しかし、遅参は好きではないし、すでにコースも二人分として進んでいることだろう。あきらめる。

考えた。おそらく、上のほう（＝神仏の世界）で、私を来させないことにより、二人が親密に話せるようにと、粋な計らいをしたのだろう。おそらく、二人は楽しく会話も弾んだはずだ。

先日、テレビ番組で、渡辺えり(子)が「ナポリタン」を注文しようとしたのに、口からは「ピラフ」としか出てこない、という不思議な体験をした、と言っていた。そのナポリタンで、まわりの人びとは食中毒になったそうで、自分は守られたという。

いっぽう、今回、守られたのは、私ではなく、楽しく会食できた二人のほうであろう。

死者からの電話

実家へ、私のファーストネームを呻くように繰り返す電話があったらしい。母は、私が死にかかっているのではないかと焦った、と言う。しかし、ふつう、死にかかっている時に、人は自分の名前を言うだろうか。その時間、私はたぶん寝ていたか、起きたばかりである。寺山修司が、死後、事務所に電話をかけてきた、と元夫人の九條映子(現・今日子)が語っていたのを思い出した。

呼び捨てで私を呼べる人間は、ごく数人に絞られる。亡父か、父方の親戚だろうが、何か私に言いたいことがあるとすれば、父しかいない。苦しそうな声だった、というのが気になる。死んで十四、五年だが、成仏していない可能性もあるからだ。

その後、亡父はきちんと執着が取れて、成仏していることがミーディアムのTさんとのセッションでわかり、安心した。もちろん、Tさんは「成仏」という言葉を使わないが、霊界からメッセージをいろいろくれるので、現世をさまよっていないのはたしかである。

占いとリーディングの違い

大昔、占い師から、養子に行きそうになったことあるでしょ、短い文章が好きでしょ？　などと、まったく思い当たるふしのないことを言われて、(何、言ってんだ、この人は)と思ったことがある。

しかし、若くして独身のまま亡くなった伯母が、私を養子にくれ、と言いかねなかった、ということを、あとになって母から知らされた。また、それから数年して、私は、どういうわけか、突然、短歌などをよむようになり、占いの正しさが、実証されてしまった。

本物の霊能力者は、「全国を道場破りして回った」という美輪明宏先生によると、一パーセントほどだそうだが、名前も覚えていないあの女占い師は、きっと本物だったのだろう。

「短い文章」というのが、短歌のことだとは、後付けでわかったことである。「短歌」という言葉がこの占い師の頭にはなくて、「短い文章」と表現するしかなかったのだろう。活字が二、三行、イメージとして浮かんできたのかもしれない。だとすれば、あたりはずれのある占いというよりは、確実な霊視に近いだろう。歌の心得がある霊能者なら、「短歌」と口にしたはずだ。

占い師にも、データに基づく統計的な占いと、タロット系、霊視による診断の二種類があるが、後者にあたるのはごく低い確率で、そういう人が占いコーナーに坐っていたとしても、占い師とは質的にまったく異なる存在である。

ただ、シルヴァーバーチが霊訓で繰り返し言っているように、スピリットもまちがえることがあるし、まして生身のミーディアムは、体調、天候などで、精度は左右されてしまうということなので、表面的には、「当たらなかった」と表現されるようなことも起こるのはしかたがない。しかし、それは、占いの「当たらない」とは意味合いがまったく異なることである。

本物の霊能者は、とても謙虚で、霊界からのメッセージには聞き違いや解釈のまちがいがありますので、納得がいかなかったら、おっしゃってくださいなどと言ってくれるものである。

「28」

もはや偶然ではない、と感じた。時計や携帯を見ると、いつも(というと、大げさだが)、決まって「28分」である。アナログ式の機器は意識していないが、デジタルだと、一日に三、四回は「28」を見る。それが、このところ、ずっと続いている。

「28」は不動明王に縁の深い数字である。ご縁日が二十八日なのだが、その由来を私は知らない。しかし、毎月二十八日は、汚いことも悪いこともせず、なるべく心穏やかにすごすように心がけている(ほかの日に悪いことをしているという意味ではない)。研究室の番号にも「28」が含まれ、四十年以上住んだ実家の丁目、番、号を足すと、「二十八」になる。

あまりに「28」が頻出するので、何かのメッセージではないか、と思うようになった。デジタルの時間だけでなく、ふと見た町の番地、答案の学籍番号、あげくのはては、テレビをつけると、容疑者「山田太郎(28)」ということもあった。

メッセージがあるとしても、数字なので、意味するところがどうもよくわからない。とりあえずできることとして、不動明王に縁のある寺へ参詣することに決める。真言宗で、ご本尊が不動明王、そして手近なのは、深川不動尊（成田山新勝寺の東京別院）である。

縁日の二十八日に行くと、元気な老婆たちで混雑している。活気のある気が漂い、また護摩行の太鼓の音が大きく、パワーがいただける。

そうしているうちにも、半年以上、ずっと、「二十八」は「(童子は)左右を離れず」と「仏説聖不動経」に書かれているとおりに続いている。スーパーのレジで、ふと右を見ると「328円」、バスの中からガソリンスタンドを見ると、一リットル「128」円、電車の窓外を見ると、駐車場の「制限高2・8m」という具合に、家の外でも頻出する。

しかし、意識して、「28」がないかな、などと思っても、絶対に出てこないのはおもしろい。

最近は、「二十八」そのものだけでなく、「二百八」とか、極めつけは「〇〇二」というのがあった。これが、なぜ「二十八」かというと、浴室の暖房を三〇分に設定して入り、出てきた時に、ふと見ると、「〇〇二」なのである。つまり、「二十八分間」入っていたことになるのだ。

また、時間差攻撃もあって、テレビで「九時二十八分」、そのまま一、二分後、別の部屋で携帯を見ると、やはり「九時二十八分」、また居間に戻り、暖房設定を見ると、「0928」だ。

つまり、それぞれの指す時刻は狂っていても、「二十八」を数分のうちに何回も見てしまうんだよ、なぜだろう、と猫(のフィギュア)に言ってみたが、ただの偶然にゃんこ、と言いたげに、横を向いたままだった。

葬儀に呼ばれる

もっとも世話になった恩師が亡くなる。どこからも連絡はなく、眼科で読んでいた新聞の訃報欄で、偶然、知った。診察後、キオスクで香典袋を買い、喪章はどこにも売っておらず（襟のないシャツを着ていたので、タイは絞められない）、しかたなく夏の軽装のまま、カトリック教会の葬儀にかけつけた。

M神父にじろじろ見られる。この葬儀に参列するまで、二十年以上、この恩師がカトリック教徒だとは知らなかった。

違う恩師の時も、偶然、インターネットの新聞で知って、駆けつけた（喪服を着る時間はあった）。今回も、故人が私にあの世から知らせたのはたしかである。しかし、私ひとりが参列したかといって、故人が喜ぶのだろうか、とも思う。

江原啓之氏によると、故人は葬儀の様子を上から見ていて、ありがとうございます、などと言っているという（嫌な人が参列すると嫌な顔をするそうだ）。

教会の参列者に、元学生らしい人はいない。大学時代、私の学科には、演習・ゼミナールというものがなく、教員と個人的に親しくなるということがあまりなかった。卒業論文を書く学生も少なく、私はその少ないうちの一人で、また図々しくも他大学の大学院の推薦状をお願いしたので、個人的なつながりができた。

どういうわけか、物心両面で世話になった恩師であればあるほど、早く死んでしまう。不条理、悲しむべき不条理だ。

仏教的奇跡

ある病院に、白内障手術の世界的名医がいて、三か月待ちと言われていた。手術前の検査の時、私の場合は特殊な事例で、手術を急いだほうがいい、と検査医がカルテに書いた。

しかし、もちろん、待っている患者は多いので、手術は三か月先に設定された。ところが、そのあと、眼球の大きさなどを計る検査の時、二十四、五歳の男性看護師が、切迫性に気づき、それを直接、その名医に話してくれたらしい。私から頼んだわけではなく、まったく彼の善意である。

その看護師は、眼科では、ただ一人の男性であったが、女性たちの中で、とても自然に働いていた。患者も、私を除いて、みな、七、八十代の女性である。男性患者は、なぜか、いない。

名前をまだ覚えているが、この看護師が、私を超特別扱いしてくれたのは、もちろん私に特別な感情があるわけではなく、神仏のはからいだろう。私が彼の死んだ父に似ていたなどというシナリオもありえない。

じつは、数日前に深川不動尊へ生まれて初めて参拝したのだが、その時点では、まだ手術になることは決定していなかったし、願掛けをしたわけでもなかった。それでも、こういうことがあるのだから、ありがたい。さすがに世界的名医らしく、手術はわずか数分で終わった。

先祖のありがたさ

私の父方の先祖は、本家の人が言うには、北口本宮富士浅間神社で御師《おし》をやっていたらしい。御祭神は、木花開耶姫命《このはなさくやひめのみこと》である。

いまの集合住宅に入居してから知ったことだが、ヴェランダから、ご神体の富士山が真っ白に冠雪して見える時がある。見えない日のほうがもちろん多いが、冬などは毎日のように見える。部屋は三階だから（三階が最上階である）見えるとは思いもしなかった。販売会社も、パンフレットなどで売りにしていなかったところをみると、富士山が見えるとは考えもしなかったのだろう。

近くには、富士講の石碑があり、江戸時代はこのあたりを経由して富士山へ向かったらしい。どうも、木花開耶姫命へ仕えた先祖の徳を戴いている感じがする。のちに火事を出してしまって御師をやめ、銀座で帽子店を開いたというが、先祖はありがたい。

気さくな父

振り返ってみると、私のまわりは、みな「気さく」な人間ばかりであった。いま現在でも、そうである。親族、知人、その他、みんなにこやかで、人当たりがよい。

唯一、亡父は私と違って、陽気ではあるが、変わり者であった。その父が、生前、私のことを、「紙一重で、怖い」と自分の会社の従業員に言っていたと、通夜の席で、元従業員の女性に聞かされた。

〝どっちもどっちだろう〟と、その時は思ったが、ずるいところ、陰険なところ、というのはまったくなく、青年のように純粋な人間であった。だから、お人好しで、ノーと言えず、よくだまされたりして、事業もあまり成功しなかった。

しかし、善人だったから、スピリチュアル的に言うと、霊界の中でもまともな階層には行っただろうと思う。

伯母（一）

クリスマスといえば、幼稚園から小学校一年ごろの記憶が甘美である。

亡き伯母が、潰瘍か何かのために痛む胃を手で抑えながら探してくれた、と成人してから聞いたが、立派なクリスマスツリーがあった。大きな金色の星が輝き、点滅するイルミネーションは、四十年以上前では、贅沢なものだったにちがいない。実家のどこかにしまってあるはずだが、どうしても見つからない。

チャイコフスキーの「くるみ割り人形」のメロディも懐かしく、クリスマスの時期と重なっている。たぶん、小学校の音楽の時間に聴いたのだろう。伯母の部屋にも、大きな、時代がかったステレオがあったが、それで一人聴いていたのかもしれない。このあたりは夢と現実が峻別できなくなっている。

伯母の作る「焼きりんご」も、クリスマスごろだっただろうか。透明な蒸し器の輝きを思い出す。いま、私が作る焼きりんごは、とても同じ味が出せない。否、悲しいことに味は覚えていない。思い出すのは明るい光だけだ。

「こんぺいとうの踊り」「トレパーク」「雪のワルツ」あたりを聞くと、悩み・苦しみのほとんどなかった小学校の一年生あたりの、なんとも温かい気分にいまもひたることができる。二年生ぐらいからは、早くも、悩みが深くなり始め、いま思い出すのも好まない。

低学年で、いじめなどというものはなかったが、それでも小学二、三年で、無邪気な時代は終わってしまった。それは、伯母が私を養子に取ることなく、独身のまま若くして死んだ時と重なっているかもしれない。

伯母（二）

幼児の時、伯母のところで、大きな丸い缶に入ったゴーフルをよく戴いたと母に聞かされた。銀座風月堂の洋菓子だが、伯母はハイカラなひとで、靴はダイアナか、ワシントン靴店で注文し、鰻は野田岩、帽子は銀座のヴォーグで作らせる、というようなおしゃれな人だった。

当時は、不二家も高級感があり、よく持ち帰ってくれたメロンのシャーベットはとてもうれしかった。鮮やかな、しかし淡い黄緑色は目に残っている。ふと、いま、小さなゴーフル（ゴーフレットと言うらしい）を食べて、いっきに思い出がよみがえった。

そのままの人生が続けば、私はかなりグルメの、わがままな坊ちゃんに育ち、いまごろは、独身だった伯母の養子になり、假屋崎省吾氏のような豪邸に住んでいたかもしれない、と思う。

才覚と才能のある人だったらしく、洋裁と株と不動産で財をなし、キャッシュで、高級住宅地にアパートつきの一戸建てを購入したほどだが、それが完成して、一、二年で亡くなってしまった。私の人生も、そこで変わった気がする。

私もいい年をして、一人暮らしを始めたが、伯母と「二人羽織《ににんばおり》」状態になっている。伯母が私に憑依して、好きだったインテリアや小物などを買わせている、という気がするのだ。

ただ、収入が伯母の数分の一だろうから、伯母の部屋にあったような（いまも実家に残っている）、オランダ製のタペストリーと同じものが、私に買えるはずがない。そのあたりは、伯母もきっと手かげんをしてくれるであろう。

ところが、最近、ミーディアム(霊媒)のTさんに見てもらうと、伯母が出てきて、私とあなたの趣味は違う、と抗議?　したらしい。伯母はもっとすっきりしたものが好みだという。金《きん》の多い、インドみたいなインテリアでしょう、とTさんに霊視され、私のごてごて趣味がばれてしまった。このバロック、ロココ趣味にも、じつはスピリチュアルな理由がある。

そもそも、伯母は未浄化霊ではないのだから、憑依するはずがない、とわかったのは、スピリチュアリズムをすこし学んだあとのことだった。

伯母（三）

祖母が百一歳で死に、母と叔母が家の整理をしていたら、四十年以上前に亡くなった伯母の遺品が出てきた。銀座の帽子店に注文したもので、タマラ・ド・レンピッカや皇族がかぶっているような、前にネットがついている帽子である。

箱の中に領収書が入っていて、銀座三丁目松屋前Vogueと書いてある。調べてみると、いまは、銀座五丁目に移ったようだが、現存するらしい。

いまでは、こんな帽子をかぶったとしても、電車には乗れず、運転手つきの黒い車に乗らなければ滑稽だろう。亡くなった伯母は超裕福で、ハイカラな趣味だったので、タクシーにしか乗ったことがなかったのかもしれない。

むずかしい、世界。

イタリアのコーヒー

ＮＨＫ「テレビでイタリア語」を見ていて驚く。「バール」の紹介だったのだが、コーヒーの注文が尋常ではない。台本のある場面だったのか、ありのままを撮影したのかわからないが、どうもカメラの位置からすると、後者のように見えた。

薄めにして、冷たい牛乳を少し入れてください

濃いエスプレッソに牛乳を二、三滴たらしてください

あたりは、まだいいのだが、

熱い（bollente）エスプレッソにたくさん牛乳を入れて、温かい牛乳の泡を上にのせてください

などは、冗談かと思うぐらい、イタリア語にすると長い（覚えきれなかった）。

こんなうるさい注文をこなすのだから、イタリアのバリスタ（コーヒーを入れる職人）はすごい。日本でこんな注文をつけても、申しわけございません、と言われるに決まっている。だいたい、アルバイトにはできない技だ。しかも客の顔を見て、あの人はあれだ、とわかるらしい。毎朝、毎晩、通うからだろう。すばらしい文化、民度の高さである。

英国のテレビ番組

アメリカ滞在中はもっぱらBBC Americaを見ていた。どういうわけか、昔からイギリス英語のほうが耳に心地よい。

気づいたのだが、「建て直し番組」とでもいうものが全番組の過半数を占めている。「あなたの家は清潔？」という番組は、片付けられない人たちの家に、お掃除隊が行って、説教しながら片付ける、というものである。

そのへんの片付けられない人ではない。溜まったゴミのせいでベッドに寝られず、寝袋で寝ている銀行員、掃除婦なのに自分の家は掃除したことがなく、しかたなく妹の家で食事している女、鳥を何羽も放し飼いにして糞だらけ、感染症一歩手前の女、というイギリスらしい変人ぞろいだ。

また、「ラムジーのありえない厨房」は、日本にも出店しているスコットランド人の三つ星シェフ、ゴードン・ラムジーが、つぶれかかっているレストランを再生する、というドキュメンタリーである。料理の作り置きをしたり、腐りかけたムール貝を出したり、既製のソースを使ったり、という厨房の秘密が暴露されて、視聴者が衝撃を受ける。

つぶれて当たり前という店のオンパレードである。あまりにひどいので、やらせではないかという疑惑が噴出し、裁判になったほどだ。

はやらない店には共通点があり、経営者が従業員をきちんと教育していない（なあなあになって、緊張感がない）、地元に密着した食材を使っていない（複雑で格好をつけた料理が多い）、接客に笑顔がない、内装が奇矯である、客がスムーズに入口からダイニングへ誘導されない構造になっている、厨房内の意思疎通がうまくいっていない、等々である。

こういう英国の番組を、わざわざアメリカで放映する理由が知りたいところである。

英国人とお茶

ＢＢＣの「Cash in the Attic（屋根裏に現金あり）」という番組。

庶民の家にあるお宝をオークションにかけ、その資金で高額商品を買う手伝いをする、という番組である。「お宝鑑定団」と違うのは、かならず、お宝は売って現金化し、それで別のものを買うところまで放映することである。つまり、ふつう買えないようなものを、眠っていたお宝で買う、という考えで、これまでは、銀製のティーセット、家のリフォームなどだった。

まあ、その内容はいいのだが、ある回を観ていると、司会者が、出演者（ふつうの市民）と一緒に、マグでお茶を飲んで、「あー、うまい」と言っていて、びっくりする。立ったまま、三人がオークション会場で飲むのである。それが、いかにもリラックスする、という感じで飲む。また、わざわざ番組の趣旨と無関係なその場面に時間を割いて、放映していることにも驚かされる。

ジョージ・ギッシングも書いているが、英国人にとってのお茶は、夕方において、仕事とプライヴェートの境界線であり、守るべき神聖なものであった。午前十時ごろのお茶は、まだ仕事中のはずだが、たぶん、英国人はこの時、一日レヴェルの心機一転をするのではないか。

ロンドンの地下鉄の運転手がマグを持ったまま駅に入線してきた、という有名な話は、ほんとうかどうかわからないが、あったとしてもおかしくない、というレヴェルなのだろう。

白人モデル

夏の紳士ファッション市、などと言って、大手の百貨店が中吊り広告を出している。モデルは相変わらず西洋人（白人）だ。たいていのデパートはそうである。なぜ、日本人が着るスーツなのに、モデルが非日本人なのか。スーツは西洋で生まれたものだから、西洋人に着させて写真を撮る、というのだろうか。それなら、われわれは「和服」を着るべきではないのだろうか。どうも、百貨店の発想は古すぎる。

UNIQLOのモデルは、そのへんにいるような垢抜けない人ではないにしろ、日本人が多い（最近、銀座店に行ったら、白人のポスターだったが）。その点は誉められてよい。なによりも、西洋人をダシに使わないのが、西洋人にも、日本人にも、失礼でない。

すこし似ているのが、外国で出版されたものをありがたがるという、われわれ教員の発想だが、これは、まあ、しかたがない。外国の出版社から出してもらえたら、それだけで質の高さが保証されている（と思う）。しかし、このあたりの考え方、箔を付ける的なところは明治時代と同じままだ。これはもう、日本人の宿痾と考えたほうがいいだろう。無理に直す必要はないし、直らない。日本人は外国に未来永劫憧れつづけるのである。

彼我の違い

このところ、毎年、アメリカに行く機会に恵まれているが（ただし自腹である）、最初に行った年は、帰国すると、日本人が卑屈で貧相に見えてしかたがなかった。しかし、二年目あたりになると、心境が変わり、卑屈で貧相に見えることに変わりはないにしても、日本人のほうが美しい、と思われるようになった。きっと、私も見かけにだまされないほどに、成熟したのだろう。

アジア的な美と言おうか、いや、なぜかわからないが、日本はアジアの中でも異質な美を持つ、と思う（「ヨーロッパ」と違って、アジア諸国を「アジア」としてひとまとめにすることには無理がある)。

裸足同然で腰をかがめ、稲作をしてきたわれわれが、何千年も靴を履いて、激しく狩猟し、肉食であった欧米人と、同じ体格や姿勢を持っているはずがない。彼らが颯爽としているのは当たり前だ。違う体格や文化なのに、いま、インテリア、住居、労働スタイル、休暇の取り方、すべてが西洋風＝狩猟肉食民族風に構成されている。日本人には異質で、疲れるのではないだろうか。

美しい絨毯には憧れるけれども、あれは乾燥した地域のものだろう。日本の家屋では、ダニがわくだけだ。春・夏の湿度の高さは、日本の最大の特徴である。高湿度、梅雨、台風、地震といったものが、稲作、神道、和服、住居といった、宗教、文化、生活、人生観を規定してきた。いまは西洋風を取り入れて百数十年だが、すこし無理がきているのではないか。

七日に一日休むのも、欧米流、つまりユダヤ・キリスト・イスラム文化だ。まったく資源がなく、移動しての生活ができず、手のかかる稲作文化のわれわれは、一年中働かなくてはならなかったのではないか。江戸時代、日曜日などはなく、休暇は、盆と正月だけだっただろう。いまは、休みすぎである、と思う(大学の休暇は現状のままでよい——そもそも大学は西洋の制度である)。

ヴァカンスという概念は、われわれには合わない。ヨーロッパのアパートは、外から見ると、古くて風格があるが、内側は案外と狭苦しいものが多い(高級なアパルトマンを除く)。開放的なヴァカンスに行かなくては、気が狂ってしまうだろう。そもそも、『旧約聖書』の「創世記」で、労働が神からの罰と規定されていることは、労働が喜びでもあった日本とは根本的に異質な考え方である。

カナダのやさしさ

スコーンを食べていて思い出したが、十数年前の夏、三角形の屋根をしたホテル・ヴァンクーヴァーのカフェで食べていた時、初老のウェイトレスが、

You don't like it, do you?（おいしくないんでしょう？）

と、憐れむように、しかし、にこやかに聞いてきた。ケーキか何かと取り換えましょうか、とまでは言わなかったが、そういう口調だった。不器用にナイフとフォークで、ぼろぼろと崩しながら食べているのを見て、まずくて困っている、と思われたらしい。手でぱくりと食べればよかったのだろうか。

しかし、この思いやりとやさしさは、いまなお、鮮やかである。カナダ特有の柔らかさだ、と思う。インターネットが普及する前、毎月のようにヴァンクーヴァーの書店に郵便で注文をしていたら、女性の通販係が、返信の手紙に、お茶を飲みにいらっしゃい、などと書いてきたこともあった（往復旅費を支給します、と書いてあったら、すぐに行っただろう）。

こういうことは、隣国アメリカでは想像すらできない（日本でもできない）。スコーンが、万一、はい、たしかにまずいです、まずいものを食わされて精神的苦痛を与えられたから、賠償しろ、と

話が発展しかねない。「まずいんでしょう?」などと、非難されかねないことを、アメリカでは、口が裂けても言ってはならないのではないか。

しかし、アメリカの擁護をすると、ある時、セルフサーヴィスだが、洒落たフランス風レストランで、トレーに料理を載せ、テラスに坐ると、(たぶん)アルバイトの男子高校生のウェイターが、ジャガイモのフライか何かをあとから持ってきたことがあった。さっき渡したのは小さかったから、と言ったものである。厨房からの指示だろう。こういうピューリタン的に良心的な人もいるのが、アメリカである。

前世が日本人だった西洋人

最近、はっきりしてきた意識なのだが、なんとなく日本的な感じのする西洋人がいるものである。明らかに西洋人だが、雰囲気がそこはかとなく日本人らしい、しぐさに日本人的なところがある、といった人は、日本語を学んでいくうちに、言語から脳へ、日本的な何かが、浸透してしまったのだろう。

ある西洋人は、帰国した実家で、母親の前を通る時に、ちょっとすみません、と空手チョップのように手刀を切ってしまった自分にショックを受けた、と言っていた。もともと日本語はうまいのだが、所作まで日本人になってしまったのだ。

日本人でも、英語教員は、なぜかあまりはっきりしないが、ドイツ語、特にフランス語教員は、なんとなく違った雰囲気を出している。ドイツ語やフランス語を、長年、学んできたからだろう。

美輪明宏先生の持論「人間保護色論」は、まさにこのことを述べている。ジャズ歌手、演歌歌手、オペラ歌手に同じ衣装を着せて並べてみても、はっきり区別がつくという。それは、ふだん聞いている曲、歌う曲、その和風、洋風のライフスタイルが、その人へ「見えない膜のようにまとわりつく」ということらしい。

いっぽう、日本や日本語とは無縁な西洋人でも、なんとなく日本的な感じ、親しくなれそうな感じのする人がいる。そういう人を、欧米でも何人か見た（もしかしたら、クォーターとか、ハーフかもしれないが）。しかし、話してみても、日本などに興味はない人だった。相撲の白鵬や琴欧洲のように、前世が日本人だったのかもしれない。そうだとすれば、彼らがそのうちに日本文化に目覚め、来日したりすることがないとは言えない。

「トルネード警報」の恐ろしさ

ふと、テレビをつけると、
An extremely dangerous situation！（極めて危険な状態です！）

と、アナウンサーが何度も叫びつづける。「トルネード警報」である。「すぐに地下室に避難してください！」

アメリカ中西部の家には、みんな、地下室があるのだろうか、と疑問に思う。私の滞在先は、オハイオ州だから、巨大竜巻の頻発地帯からはやや東にずれている。「豪華アパートメント」luxury apartmentではあるが、二階はあっても、地下室はなく、激しい恐怖を覚える。というのは、数か月前、トルネードで町が壊滅するドキュメンタリーを、日本で観たばかりだったからである。女性が風呂場から80メートル吹き飛ばされ、瓦礫の下から奇跡的に救出された、などという番組であった。まさか、自分にそんなものが迫ってくるとは。

結局、トルネードを起こす雷雲は、そのまま南東へ逃げてくれて助かった。そのあとで、レストランに行った時、大学生風のウェイトレスに、警報の時、怖くなかったですか、と聞くと、「ちょっと怖かったわ」と言い、警報は年に何回ぐらいなんですか、と訊くと、「年に一、二回かな」と答え、余裕を見せて笑った。

パレスティナ移民

アメリカで百貨店に入り、カフリンクスを買うと、レジで、クレジットカードの名前を見て、何と発音するのかと、初老の女性店員が尋ねてくる。たしかに私のファーストネームは外国人にはとても発音しにくい。

すると、「私の名前はアントワネットよ」と、その女性が言う。帰国してから気づいたが、たぶん彼女は、自分の名前を言いたくて、その口実に私の名前を尋ねたのだろう。えっ？　祖先はフランスから来たんですか？　と尋ねると、いえいえ、パレスティナ戦争で、アメリカに逃げてきて、どうこう、などと身の上話を始める。苦労したのだろう。小綺麗なデパートで、スーツを着た店員となっている彼女の人生を想像しようとするが、平和ぼけしている私には見当もつかない。

それにしても、ハプスブルク家のマリア・テレジアとフランツ一世シュテファンの娘にしてフランス、ルイ十六世の王妃アントワネットである。日本なら、「小町」とか、「(和宮)親子《ちかこ》」と名づけるようなものだろう。勇気のある親である。

ライデン(大学)

鎖国時代にさえ、往来があっただけあって、オランダのライデン大学のコンピュータールームでは、日本語入力ができる。最初は、読めるだけかと思ったら、書けることもわかった。日本の大学のサイトが文字化けせずに読めるので、期末試験の成績をここから入力することができた。

また、町の中には、芭蕉の俳句をローマ字ではなく、漢字とひらがなで大きく壁に書いた不思議な建物があったりする。ここには世界各地からの学生がいるが、日本語が専攻ではないのに、ちょっとした日本語を知っている、というより、日本語の授業を大学で取ったことがある、という人がけっこういて、驚かされる。

小国のクロアチア人、イタリア人、パレスティナ人、オランダ人に、そういう人がいた。大国のアメリカ、フランスなどにはいなかった。

「オランダ式ふるまい」

ライデン大学のオランダ人教員たちと、偶然、中華料理店で一緒になる。ふと見ると、日本人の大学院生二人を含む学生たちもいるが、彼らも、偶然、落ち合ったという。

ひとつの大きなテーブルに坐っているので、私ははじめから支払いのことが気になっていた。こういう場合、日本では、教員たちが学生の分を払うのが当然だろう。教授同士が領収書を破く勢いで奪い合い、という喜劇を見られる楽しみがある。私は単なる受講生の身分だが、教授たちの中に坐っているので、たぶん支払うことになるな、と覚悟を決めた。

さて、あまりおいしくないオランダ式中華が終わると、このあと講演を行なう、若いが、世界的に有名な講師が、主役ということで、空気を読み、財布を取り出したが、領収書を見て、天を仰ぎ、それを、私の右隣にいた、まとめ役の大学院生に手渡す。三百ユーロぐらいである。

これは、一人では払えないだろう(一ユーロが二百円近いころである)。どうするのかな、と息を詰めていると、そのまとめ役が、一人二十ユーロです！と叫んだ。大物教授も、若い講師も、見るからに貧乏そうなギリシャ人大学生テオハリス君も、二十ユーロであった。

気の毒なので、学生の分は、われわれが払いましょうか、と言おうかとも思ったが、これがオランダ式なのだろうと考えて、やめた。「われわれ」とは誰だ、と問い返されても困る。

アパートに帰って、湯の温度が、下がったり上がったりするおかしなシャワーを浴びている時に、ふと気づいた。英語で、「割り勘」のことを、「Dutch treat（オランダ式ふるまい）」と言うのだ。一人、腹筋が痛くなるほど笑った。

ライデン大学のイタリア人

ライデン大学には多くのイタリア人学生がいて、いつもイタリア語で話し、群れている。私はイタリア語を学んだ時がこれまでで一番楽しく、相性のいい言語だと思っていたが、ライデンのイタリア人とはどうもしっくりいかなかった。

イタリア語のできる東洋人は（須賀敦子もすでに同じことを書いているが）珍しいらしく、日本（というより、日本のアニメ）に興味のあるイタリア人とはよく話したが、日本に興味などない大多数のイタリア人は、われわれには異質すぎる、と感じた。

日本にいる、親日的で、陽気な（ナポリ人が多い）イタリア人を、標準的なイタリア人と思わないほうがよいだろう。むしろ、もちろん例外はあるが、ドイツ人やイギリス人のほうがなんとなく、平均的日本人には馴染みやすいようだ、とあえて一般化しておきたい。

どういうわけか、しっくりしたのは、唯一、北部ロンバルディア州マントヴァに住む、金髪だが、若はげの青年で、もの静かな古典学徒だった。ほかのイタリア人は、みな騒がしくて、黒髪、黒ひげだ。はげていることが親近感を生んだわけではない。マントヴァ公国のあとは、ハプスブルク領にもなった土地である。フランスやドイツの影響を受けた北の地方と、ナポリ、シチーリアとでは、やはり、いま現在も、別の国といってもよいぐらいに違う（と聞いた）。

この北部出身の青年は、静かで、群れず、「濃い」ところがなく、話がよく合った。北部といっても、ヴェネーツィアとなると、またかなり違う。これも、もともとヴェネーツィア共和国で、別の国である。

ライデン大学で出会った男子

ライデン大学の夏期研究講座に出ていた。その出来事二つ。

授業のあと、ナポリ大学大学院の（名前は忘れた）青年が、イタリア人の集団と一緒に行ったジェラート屋で、いきなり、日本語で、赤鬼のパンツがなんとか、というアニメソングを、私に向かって、歌い始めた。ひどく驚く。聞いたこともない曲である。彼は、日本研究などではなく、たしか、どこかの古代語の専門家なのだ。

その数日前、サンクトペテルブルグ大学大学院のピョートル君と話していて、ウォッカの話になり、vot-ka の vot は「水」という意味ですよね、と言うと、そう、でもロシア人がウォッカを水みたいに飲むわけじゃないよ、と言うので、つい、でも、みんな、そう思っているみたいですよ、と答えると、それ以来、二度と口をきいてくれなくなった。人には、それぞれ怒る飽和点のようなものがあって、それを踏み越えると終わりである。

イケメン留学生の苦悩

留学生だった中国人の卒業生と会う。旧満州・瀋陽の出身で、モデルのようなイケメンと、お笑い芸人のようなイケメン、二人である。イケメンなのは、たぶん満州族と漢族の混血だからかもしれない。どれくらいイケメンかというと、前者のほうは、コンビニのアルバイトをしている時、中年女に中国語の家庭教師を依頼されたぐらいの魅惑的な容姿である。しかし、行ってみると、女はパジャマ姿だ。脇に坐られ、腿を撫でられた、という。で、気持ちが悪くなって、すぐ帰ったそうだ。イケメンは、つらい。

その後は、接客のアルバイトをしているそうだが、焼肉店なのに、中年女性たちに、あの子を連れて来なさいよ、と「指名」されるという。そして、ビビンバを混ぜてあげたりするそうである。

みんな太って不細工で、若くない女ばかり、と彼は嘆いていたが（年上に好かれるタイプである）、たぶんまだ話していない体験の中に、普通の若い女性に追い回された経験が何十もあるんだろうな、と思わされた。

妻帯しない司祭

母校の大学のベンチに坐る。年に数回は、こうして訪れている——。人生が絶好調の時に、こんなことを人はしないだろう。そういえば、私は人生が絶好調だと思ったことが一度もない。これはほんとうに絶好調でないか、あるいは私の「絶好調」像が高すぎるかのどちらかだろう。

ヨーロッパ人の神父が、本を小脇に抱え、悠々と修道院から出入りするのが見える。せせこましくなく、なんともゆったりと、独身で、余裕のある様子を見ていると、非常に落ち着く。そんなのが見たければ留学すればよかったようなものだが、日本にいながらにして拝めるということが貴重である。

金もうけとか、出世とかに無縁で、淡々と生きている人間を見ると、安らぐ。私有財産を持たず、家族がいない、というカトリックの聖職者は、やはりすごい。権力欲の強い人々もどこかにいるかもしれないが、極東の日本にそんな人はいないだろう。

その点、僧侶が妻帯し、寺院経営をするのは、彼らがあまり尊敬されにくくなった大きな原因である。明治時代に妻帯が許されたのは、仏教の弱体化のためだったと言う人もいる。

妻帯したぐらいで、権威がなくなるような宗教や聖職者ならだめだ、と言う人もいるかもしれないが、われわれの心は単純なものではないだろうか。ダライ・ラマ十四世やベネディクト十六世に、もし妻子がいたら、これほどの権威がないのは確実である。

おもしろい司祭

例のごとく、母校に行って、（紙コップに入っている）自販機のコーヒーを買い、ベンチに坐り、修道院のエントランスを眺める。神父が行き交うのを見るともなく見て、おだやかな気分になる。学生時代の初心に帰る、という意味もあるかもしれない。

たいへん残念ながら、仏教の僧侶を見ているだけでは、あまり安らぐことはない。しかし、もし独身で清貧という感じの僧侶がいれば、きっと思わず頭を下げたくなるだろう。

だいたい、欧米の神父はイケメンが多く、しかも博士号を持った超インテリであることが多い。こんなエリートが妻帯せず、私有財産を持たずにいる、というだけで、社会に安定感がもたらされるのではないだろうか。

今日は、見覚えのある神父は一人もいなかった。もう、逝去してしまった人も多い。一瞬、法哲学のヨンパルト神父（スペイン人）かと思う人が出てきたが、よく見ると別人だった。

この神父の授業は受けたことはないのだが、名物教授だった。母校には、毎年暮れに「芸人大会」というのがあった（いまでもあるかどうかは知らない）。これに教職員・学生が出て、笑わせるのであるが、ヨンパルト神父は、日本人の二面性というもの（顔で笑って、裏で怒るなど）を戯画化して、一人芝居を行い、毎年、大爆笑であった。また、変な形の帽子をいろいろに変えてはかぶって笑わせる、（たぶん早野凡平のまねである）、エヴァレット神父など、おもしろい人がいろいろいた。

ヴァティカンの高位聖職者

そういうある日、母校から帰ろうとして、同窓会事務室を通りかかると、ヴァティカンの外務局局長が講演をする、という掲示がある。今日の、しかもいまから十五分後に始まる。なんという偶然だろうか。そういえば、大きな黒塗りの車が三台も入ってきていた。

きっと、これを聞くように、という仏教徒の私に対する天の配慮にちがいない。局長は、日本で言えば外務大臣だろう。もちろん、大司教という高位聖職者だ（枢機卿の下、司教の上）。モロッコ生まれ、とあるので、母語はフランス語のはずだが、講演はイタリア語だという。まあ、ヒアリングの練習がてら聞いてみるか。

四、五十人だろうか、あまりぱっとしない会議室に、人がいる。講演は一般論で、耳触りのよい言葉、愛、神、信頼、自由、などが並ぶ。ふと、左を見ると、見覚えのある神父が爆睡している。先生、大司教の話はちゃんと聞かないと、修道院長どころか、学科長にもなれませんよ。

質疑応答では、カトリック信者だという女性職員が、ティベット問題をヴァティカンはどう考えるのか、というタブーへ、ど真ん中の直球を投げてしまった。大司教はもちろん、そういうことは公の場で言えない、とかわした。当然である。

ヴァティカンは中国との関係改善を模索し、中国語のサイトを作る、と発表したばかりだ（もちろん信者の少ない日本語のサイトはない）。いくら迫害されていても、異教徒であるティベット人の人権になどに口は出さないし、出せもしないことは中学生でもわかるだろう。

ミルクがさきか、あとか。

ケンブリッジか、オックスフォード、あるいは両方だったかどうか忘れたが、大学内で、猫はよいが、犬は飼ってはいけないことになっていた（いまはどうかよく知らない）。中世の宗教書にも、猫以外は飼ってはいけないと書いてあるものがある。理由はわからないが、長い伝統なのはたしかだ（猫はネズミを捕ってくれるからいいらしい）。

そういうところへ、超有名な教授が来ることになった。しかし、教授は愛犬を連れてくるという。このままでは学寮に住むことができない。そこで、大学院生たちが、教授の犬に、the Honorary

Catという称号を与え、「名誉猫」であるとして住まわせることにしたという。

ちなみに、百年か二百年か知らないが、ずっと手入れを続けた芝生は、学部学生も立ち入れないが、にゃんこは歩いていいらしい（というか、だめだと言っても、きっと歩くだろう）、という話を、スペイン語学科出身の親友にしたところ、一言、「バカみたい」と言った。オックスブリッジも形なしだ。

英国では、紅茶のミルクを、紅茶よりさきに入れるか（prelactarianism）、あとに入れるか（postlactarianism）という議論がずっと続いたままである。どうでもいいようなことに熱中する愛すべき民族なのだ。たぶん、フランス人とか、スペイン人は、バカみたい、と思っているかもしれない。

カトリックと科学

ローマのラ・サピエンツァ大学の学生が、ローマ法王、ベネディクト十六世の来学に反対し、Libertà in università eppur si muove（大学に自由を、それでも動いている）というプラカードを掲げた。物理学の教授も法王の来学は侮辱だ、と言っているという。「動いている」に主語がないが、もちろん、ガリレオ・ガリレイの台詞だから、「地球」だろう。

いまだにイタリアという国がこういうことを引きずっているのはすごい。カトリックは科学の敵だといまも考えているのである。喩えて言えば、織田信長の子孫が、比叡山延暦寺に参拝できるか、というようなものだろうが、ローマ教会はガリレオを軟禁しただけで、殺したわけではない。真理を圧殺した、とは言えるかもしれないが。

インドのファクス

インドの書店にクレジットカードの詳細（番号と有効期限）をファクスで送る。ふだんは私も暗号化された（と書いてある）ネット経由で送るのだが、こういう情報は絶対にファクスで送ると言い張っていた外資系の女性の言葉が、どういうわけか今日は耳に残っていた。

イギリスの古書店は、数字ではなく、英語でスペルアウトして、つまり、１２３４なら、one two three four などと書き、さらに、カード番号を前後二つに割って、二通のメールで送れ、などと、なんとも大雑把なことを言ってくることがあった。これも、かなり原始的な防御法だろう。

ところが、インドにファクスを送ると、なぜかディスプレイには、別の番号が表示され、転送されて、送信された。不気味である。途上国の怖さは、われわれの想像もできないイレギュラーさにあるのだが、これはどうなっているのだろうか。法外な請求が来たら、カード会社を説得するしかない。勝手に転送されたのです、と言って。

ヨーロッパの古書店

古書店の目録が二日間で五、六部も届く。きっと、ボーナス時を狙っているのだと思うが、日本以外からも、イギリスから二冊、フランスから一冊、イタリアから一冊、届いている。おそらく、日本人はこの時期、気が大きくなっているという情報をヨーロッパ人もつかんでいるにちがいない。信じがたいことだが、海外の書店が、日本の学会名簿を手に入れ、それをそのままコピーして切り離し、封筒に貼り、Japan とだけ手で書いて、カタログを送りつけてきたことがあった。送った書店は、名簿を渡された(日本)人に、これは研究者の住所と名前だと言われて信じたのだろうが、何が書いてあるのかまったくわからないまま送ったはずだ。

こんな暴挙にまで出るのは、西洋の古書の最大の買い手はアメリカと日本だと言われているからだろう。

個人輸入

ドイツ、ミュンヘンの Faustig ファォスティヒ社に照明器具を注文する。注文メールは、「拝啓」

にあたる書き出しと、「敬具」にあたる部分のみドイツ語で書き、本文は英語で書いた。本文も英独辞書をひきひきドイツ語で書けないことはないが、（私にとっては）巨額の金銭が絡む取引なので、慎重になり、たがいに外国語である英語が公平であると判断した（といっても、英語とドイツ語は姉妹のように似ている）。

だが、細部（金メッキか、ニッケルか、クリスタルの鉛の含有量など）を詰めるメールが往復していくうちに、だんだん、ドイツ語うまいですね、ドイツにいたんですか、などと、交渉相手の女性が、世辞を言い、おだてるようになった。本文は英語のままである。たしかに、われわれも、西洋人がメールの最初に「拝復」と書いてきたら、本文は英語でも、多少の世辞は言う気になるかもしれない。

そうなると、肩書が、Herr Professor である手前、見栄もあって、辞書を引きつつ、メールの全文がドイツ語になってしまう。ものすごく時間がかかる。ただ、交渉の山は越えて、雑談に近くなってきたので、まちがえていてもどうということはない。

その照明器具会社が、最終段階で、インヴォイスをメールに添付してくる。航空配送料が、四百六十ユーロなのに、成田の税関を抜けて自宅への配送に五百六十ユーロかかる、と書いてある。

もう一度、しつこく書くと、

ミュンヒェンから成田までが460ユーロ

成田から都内の家までが560ユーロ

である。これは、タイピングミスではありません、と、ご親切にも、わざわざ赤字で書いてくれている。向こうの会社も不条理だと思ったのだろう。

この五百六十ユーロのほかに、いつも、不思議に思うのだが、「消費税」五パーセントを払う必要がある。つまり、さらに、四百ユーロほどかかる計算だ。

このように、海外から何かを輸入した場合、玄関で、配達業者に、「消費税」を徴収されることがある（されないこともある）。外国の会社から購入したのに、この消費税は日本の誰に納めるのか、どうも納得がいかない。

人文科学の趨勢

本書第二章でもすこしふれたが、いま、英国では、人文系学部・学科の予算の削減をめぐって、数か月、学術紙 *Times Literary Supplement*「タイムズ紙文芸補遺」で議論が続いている。

大学は中世から、役に立つこと（医学、神学など）をやってきたので、実利を求める態度はいまに限ったことではない、とか、国民が無教養になっていいのか、など、投書の応酬が続いている。

もちろん、有利な立場にある理系の教員は強気で、人文系を憐れんでいる調子なのは片腹痛い。理系の学者は余裕のある発言が多く、哲学、歴史などの教授は反発している。

理系だけだと、戦争になったり、偏った人間になり、よい市民にならない、芸術文化が必要だ、という意見が出ると、翌週には、ヒットラーは歌劇を愛し、ゲッペルスは十八世紀ロマン派演劇の博士号を持っていた、と理科系からの反論がある。文化的教養のある理系は、まったく無敵である。

どうも、人文系の受難は続くようだ。日本に飛び火しなければよいのだが、と思っていたら、最近、火の粉が降ってくるのを感じるようになった。

英国製

日本でライセンス生産しているものはどうかわからないが、本物の英国製バーバリーは、異常なほど丈夫で、二十年経っても、ボタンひとつ取れず、すり切れもしない。

ほかの会社についても、だいたい英国製は同じことが言える。信じられないかもしれないが、Turnbull & Asserという、ロンドンのジャーミン通りにある老舗のシャツは、やはり二十数年経っているが、すり切れたカフを直し（裏返して縫い付け）て、いまだに着ることができる。

こんなに持つシャツは、日本には絶対にない。とにかく、白蝶貝のボタンが一つも取れない、というのは驚異である。クリーニング店は、なんの指示も出さないのに、割れるとこわいのか、銀紙ですべてのボタンを包んでくる。大切に扱われるから、長持ちするということもあるだろう。

というように、英国製品は、繊細さには欠けるかもしれないが、丈夫である。陶磁器でも、ヘレンドとウェッジウッドを使ってみればすぐわかるが、前者は、薄く、かよわく、油断すると、すぐひびが入ってしまう（皇妃エリザベートのお気に入りであった）。後者は、木の床に落としたぐらいではなんともなく、やはり、二十数年使っているものが多い。

老人の労働

労働観は日本と西洋で異なっている。よく言われるように、『旧約聖書』の「創世記」では、労働は罰である。アダムとエヴァが楽園追放される時に、神から、これからは、額に汗して働け、と悪態をつかれるのである。それまでは働く必要がなかった。

そう思っていたら、最近、NHKで、欧米の、老人を雇う会社の特集があった。九十歳過ぎても働いていたりする人がいるのだ。Vita Needlesというボストンの針の工場では、階段が急になっていて（わざとそうしているわけではないと思うが）、この階段を上り下りできるかぎり、働いていられるらしい。

インタビューを聞いていると、年金だけでは食えない、ということもたしかにあるが、やはり、さらに向上する余地がある、社会から必要とされている、という意識を持てることが精神的に必要らしい。

ヨーロッパには、労働＝罰の図式から抜け出せず、五十代で引退してしまう人もいるが、他方でこういう西洋人もいることがわかって、貴重な番組だった。

重量オーヴァー

二十数年前、ロンドン、ヒースロー空港のチェックイン。ホテルを出る前から、私のスーツケースが、明らかに重量オーヴァーなのはわかっていた。スーツケースを秤に載せて、係員が、超過しています、と言うので、私は反論した——。

乗客の平均体重を考えてください。私はたった五十一キロしかないので、荷物が十キロ重くてもいいはずでしょう。

と食い下がったら、なんと通ってしまった。いまはもう厳しくて、この手は使えないだろうが（体重も数キロ増えたし）、必死だと通じるものだ。というか、重量計には、本人とスーツケースの両方が乗って計量すべきではないだろうか。体重差別になるだろうか。しかし、重ければ燃料をそれだけ使うのだから、断じて不合理ではない。

アメリカの空港のように、スキャナーですっかり透視されてしまうなら、体重ぐらい量っても、どうということはないだろう。しかも、スーツケースと一緒に計量すれば、体重がわかるわけでもないのだ。そして、スーツケースだけでなく、体重オーヴァーな人からも、超過料金を徴収するのがフェアーというものではないだろうか。

二十年前の白熱教室

二十数年前、アルフォンス・デーケン神父（教授）の「死の哲学」という人気授業があった、教養科目だったが、履修は抽選になっていたかもしれない。学生は「シテツ」と呼んでいた。私は縁起が悪い、と思って取らなかった。あれを取った受講生から、毎年一人、死ぬ人が出る、という噂があったからだ。

また、ハビエル・ガラルダ神父の「自己愛とナルシシズム」というような授業があった。これも階段教室が満員になる白熱教室。しかも、大学院生が出席カードを数百人に、毎週、配布、回収する。半期科目なのに、レポート、試験の両方があった。

すこしでも私語があると、われわれには聞こえないのに、神父は地獄耳で聞きつけ、異端審問的執拗さで、毎回、かならず注意していた。

いま考えると、やはり、西洋人の教授のほうが圧倒的におもしろく、教養もあり、いまなお印象深い。異質なバックグラウンドを持つ人に触れることは、じつによい体験である。留学する学生は減っているそうだが、若者はぜひ留学すべきだろう。

あぶないロンドン

２０１０年のロンドンは、最高気温が二十三℃ぐらいだったらしく、避暑にちょうどよい。最近は猛暑続きで、避暑地としてのロンドンは終わったな、と思っていたのに、まだこういう夏があるというのは、なかなか悩ましい。

しかし、十三年ぐらい前、ダイアナ元妃が死んだ年、偶然、三百年ぶり（三十年ぶりだったかもしれない）の暑さという夏に、ロンドンへ行ってしまった（最高気温は三十五・七度だった）。冷房のないホテルで、道路に面したうるさい窓を開け、（温度は真逆なのだが）冬山の遭難のごとく、眠ったら死ぬと思って、眠らなかったことがあった。

あれ以来、イギリスには行っていない。とにかく、北ヨーロッパには、高級なホテル以外、冷房がないから、暑くなると、非常に危険である。

ふさわしくないバーテンダー

ケンブリッジ大学、クレアコレッジの地下に、バーと卓球台とジュークボックスがあった。「開

店」は午後六時らしいのだが、そのすこし前に、オーストリア人とブルガリア人の友人と一緒にバーに着くと、

It's BLOODY early. クソ早えな

と、ピアスをして、もう人生どうにでもなれ的な、パンクのおじさん店主に言われた。夏期集中講座だったので、そのへんの人がアルバイトで来ていたのかもしれない。ちゃんとした正規の授業期間中なら、きっと、品の良い、まともなバーテンダーがいただろうな、と思った。

暖炉

暖炉、マントルピースの時代はよかった。よく映画に出てくるが、何でも捨てて燃やすことができる。イケメンの従僕や執事が銀のトレイに載せて持って来た手紙を、読んで、怒って、丸め、暖炉に投げ込んで燃やしてみたい。ただし、一部が燃え残って、あとで誰かに読まれないようにする必要がある。

最近、「文藝」別冊「石井好子」のエッセイを読んでいたら、彼女が若いころ、パリに行く前、「『小さいのでよいから薪をもやす事の出来る暖炉のある部屋を作ってね』と母に注文しておいた」と書いてあった。さすがである。

オークランドの裕福な家にホームステイしていた時、当然、広い居間には暖炉があった。そこの弁護士夫人はヴィニール製品まで、えっ、いいんですか？　と私が言っても、yes, it's plastic と、平然と投げ込んで燃やしていた。じつに気持ちがよさそうだった。

アメリカの航空会社のカウンター

二〇〇八年の大晦日、バハマのナッソーから、ニューヨークのニューアーク空港まで戻ったが、そこから目的地のオハイオ州コロンバスまで、寒波で飛行機が飛ばない。

中年の女性社員と交渉したが、申しわけありませんという感じではなく、なぜか威張り腐った対応だ。日本の航空会社では考えられない態度である。埒があかないので、あきらめてホテルを探そうかと思っていると、となりのカウンターで、同じグループ会社のフライトがある、と男性のカウンター係が発見した。この人の態度は好感が持てる。

しかし、同じニューヨークでも、ラ・ガーディア空港までタクシーで移動する必要があるという。一万円ほどかかったが、フライトキャンセルの証明書を、にこりともしない別の不機嫌な女性に貰い、日本の保険会社に請求した。ほんとうに、アメリカの空港は指紋や顔写真まで撮られるなど、入国時からなんとも不愉快きわまることが多い。

むずかしい、愛。

美輪明宏先生（一）

美輪明宏先生の『双頭の鷲』を見る。二回目だが、やはり、すごい。舞台装置に金がかかっている。こういう本格的な芝居は、予算不足で本場にはもうないかもしれない。赤字ではないのか、とすこし心配になる。

異色だったのは、「咳をなさる時は、タオルか、ハンカチで口を押さえてください」という趣旨のアナウンスが、休憩ごとに二回ずつ流れたことである。ずっと咳をしている客がいて、商売敵が邪魔しにきたのかと思うぐらい、と美輪明宏先生は著書にも書いていたが、とうとう、黙っていられなくなったのだろう。

また、特にこのジャン・コクトーの芝居は、沈黙の場面も多い。しかも、密度の高い、張り詰めた沈黙を必要とする。台詞がないところは重要でない空白だ、と思うと大まちがいで、きわめて濃密な意識が交錯している。

そんな時に、「ゴホッ」と聞こえたら、その場面だけでなく、過去に遡って、それまでの台詞もぶち壊しなのだ。アナウンスのおかげで、咳は二、三回しかなく、静寂の場面では、観客もかなり緊張していた。よいことである。飲食しながら適当に観る大衆芝居ではないのだから。

「音楽会「愛」」でも、歌い終わった瞬間、続く余韻、感動的な間が張り詰めている時、咳き込む人がいたが、殺意を覚えたものである。今年は、音楽会の抽選に洩れたので、殺意を抱かなくてすむ。

美輪明宏先生自身も、「咳で骨折する」ようなひどい病気で、コンサートも芝居も観に行くのをあきらめていた時期があったそうなので、こういうアナウンスをする資格はある。

じつは私も、授業のシラバスで、ひどい咳が止まらない人は欠席してください、と書こうと思っては、思いとどまっている。ほぼ一分おきに咳をされて、話の腰を折られ続けたことがあるのだ。しかし、こんなことを書いたら、絶対叱られるだろう。また、バチが当たって、自分が咳の出る病気になったら嫌だな、と思って、やめている。

美輪明宏先生（二）

寺山修司の『毛皮のマリー』を初めて観た。これは寺山修司版というより、美輪明宏版らしい。そして、寺山も生きていれば認めたであろうことは、パンフレットを読めばよくわかる。

寺山はいかにも天才らしく、大雑把な筋を書き、ディテールを詰めないまま放置して、すぐつぎの作品に移ってしまったらしい。そして、美輪先生に、もったいない、と言われていたという。

安易な展開にしたり、商業的に妥協したり、ということが初演ではあったらしいのだが、予算も増えてからは、そういうところを美輪先生が丁寧に描き、舞台装置も心象風景にぴったり合ったもの（琳派とサルバドール・ダリ）にするなどして、ようやく寺山・美輪ワールドとなったそうである。

渡辺えり(子)も言っていたが、アンダーグラウンド劇を大劇場で観るのも、たしかに不思議な感じだった。青年たちがほぼ全裸でラインダンスをしたりして、上品なおばさま方も、顔を覆った指の間からしっかり見て、喜んだにちがいない。あれは美輪先生の、ゲイや女性客へのサーヴィスとしての演出だったのだろうか。

美輪明宏先生万歳

NHK「SONGS」という番組で、美輪明宏先生が歌う。今日、そのさわりを放映していたが、「愛の讃歌」はすごい。マイクが要らないのではないかという迫力。一挙手、一投足が、心をわしづかみする。計算されつくした所作、発声は、(見たことはないが)神か、観世音菩薩が降臨したかのようだ。

この曲は、まず歌詞を直訳して語り、その後、フランス語で歌うことになっている。世間に流布している岩谷時子の歌詞が、甘く、浅薄すぎて、原曲をそこなっているからである。じつは、エディット・ピアフの歌唱より、美輪先生のほうが格段に感動的であると常々思っていた。

フランス語を履修して何がよかったかといって、美輪明宏版「愛の讃歌」の歌詞一語一語が、身体感覚で直接わかる、ということにつきる。「ル・モンド」の見出しが多少読めるとか、そんなことはどうでもいい。美輪明宏版「愛の讃歌」が聴き取れるようになるためだけに、フランス語を学ぶ価値は十二分にある、と思う。

数日後、その「ＳＯＮＧＳ」を見た。最初の「砂漠の青春」という曲を知っている人は、私のように「美輪明宏友の会」に入っている人でもなければ、いないかもしれない。しかし、現代の世相をあんな昔から予言しているのはさすがだ。「音楽会「愛」」では、ときどき歌っている。

もはや国民歌といってもよい「ヨイトマケの唄」は、涙なしに聞くことができない。「花」も同様である。昨晩は、どちらの曲か忘れたが、聞いている時に、部屋のコンクリートの梁が「ピシ」と音を立てて鳴った。ラップ音である。祝詞を奏上したり、読経している時にも、よく同じことが起きる。私にかかわる霊が喜んだにちがいない。

このように、美輪明宏先生の歌は、読経や祝詞と同じ力がある。番組でも、音楽会と同じように、金粉を降らせ、観音菩薩となって、観客（視聴者）に合掌していたのはすごい。たぶん、本物の観音様も、見えるとすれば、あんな感じではないか、と思わされる。

ペギー葉山

私はペギー葉山のファン、というほどのことではないが、好きな歌手の一人である。「学生時代」や「町の小さな靴屋さん」がよい。後者はカラオケで歌えば、ためしたことはないが、笑いがとれると思う。

「全曲集」を買ってみて、「ラ・ノビア」というヒット曲があることを知った。何気なく聞いていたが、三、四回聞いて、驚く。歌詞の聞き違いかと思っていた。花嫁が泣いているのだが、喜びの涙ではないのだ。

たった一言、「偽りの愛を誓う」のせいで、全体がシャンソンのような愛憎どろどろの内容に変わっている。ペギーが明るい声で歌うから、最初は全然気づかなかった。この歌は金子由香里あたりが力強く歌ったほうがよいのではないかと思う。

ペギーは由緒ある武家の出らしいが、概して武家の子女は顔が大きい。公家も武家と混血しているせいか、みな顔が小さくなく、堂々とした風格がある。ペギーも、そういう感じである（ちょっと次元は違うが、大物役者が舞台に出てくると、その顔が畳一畳ぐらいに見えた、と美輪明宏先生が語っていた）。要するに小顔、小顔と世間で言っているが、重要人物は大顔なのである、

そういう武家・公家のような階級では、恋愛結婚ということはなく、もう子供のころに結婚相手は決まっていただろう。愛のない結婚が当たり前なのだ。ヨーロッパの貴族でも同じである。

「La novia」はスペイン語であるが、ヒットしたきっかけはイタリア人が歌ったヴァージョンで

ある。イタリアの原曲を聴いてみたい。そして、明らかに愛のない偽装結婚と思われる人の結婚式に招かれたら、二次会で歌ってやろうか、と思う（思うだけである）。

金子由香利

秋の気配が近づくと、金子由香利の季節である。山口百恵が尊敬する歌手として挙げた、伝説のシャンソン歌手だ。残念ながら、年代的に行くことはできなかったが、昔は銀巴里でも歌っていた。どちらかというと、持ち歌は暗い歌（「思い出のサントロペ」「再会」「笑わないで」など）が多いのだが、コンサートの最後は、いつも、「おゝわが人生」というシャルル・アズナヴールの曲で、プラス思考の歌である（原曲と内容はまったく違う）。これは、「私の人生の応援歌」だとテレビで言っていた。アンコールはジリオラ・チンクエッティの「Dio come ti amo」と決まっている。

この七、八年は行っていないので、現状はわからないのだが、労音からときどき案内が来て、心が動く。しかし、観客の中に、どう見ても不倫のカップルがいたり（どうして夫婦でない中年の男女というのは、瞬時にわかるのだろう）、あまり明るい雰囲気ではなく、だんだん腰が引けてきてしまった。

リサイタルでは歌っているのを聞いたことがないが、「C'est beau la vie（人生は美しい）」という曲がＣＤにあって、とてもすばらしい。大昔、ＮＨＫラジオ「フランス語講座」で林田遼右という先生が、この歌を解説していたが、それを金子由香利が聞いて、レパートリーにした可能性も否定できない。

最近、ソフトバンクが金子の名曲「Il est trop tard（時は過ぎてゆく）」（ジョルジュ・ムスタキのカヴァー）をCMに使い始めた。この曲は、コンサートでは、かならず最初に歌われる曲として有名である。きっと、誰が歌っているのか、という問い合わせが殺到したのではないだろうか。語るように歌う独特の歌唱法で、誰の心にも残るからである。

ボウイーとティナ

ティナ・ターナーがイギリスのライヴで「Tonight」という曲を歌っていると、突然、デヴィッド・ボウイーが舞台からせり上がってきて、観客がそのサプライズに狂喜乱舞するという演出があった。二十年ぐらい前にオンエアーされた番組である。

最近、ドイツのCDで、それを見つけた。音だけでも、その光景は甦ってくるが、DVDも存在することが判明し、その場面だけを観たいために注文する。ジギースターダスト時代ではなく、ボウイーがクラシックでいちばんコンサーヴァティヴだった時代である。純白のボウタイに洒落たクリーム色のヴェストを着て出てくるのだ。

いっぽう、ティナはホームレスのような破れた衣装をしている（もちろん意図的なデザインである)。対比を狙ったのかどうかわからないが、ボウイーがエリザベス女王の晩餐会に出てもよいような衣装で歌ったのを見たのは、あれが初めてである。

フジ子・ヘミング

「フジ子・ヘミング」リサイタル。善良な市民風が多い。99パーセントは女性客。目の前を、シルクハットをかぶった大月ウルフが通り過ぎる。「レインボーマン」で、エルバンダという怪獣役だった、フジ子の弟である。

舞台には、假屋崎省吾先生のオブジェ。ハートマーク二十個弱が切り抜かれたピンクの板から、花が垂れている。隣の客が双眼鏡で見て、百合だ、と叫んだ。しかし、比率として花が少ないように見える。予算不足なのか。ハートの穴が空いているのは、フジ子がゲイばかりに恋するなど、不毛な恋愛体験しかない象徴だと解釈したくなるが、深読みかもしれない。切り取ったハートを舞台に敷き詰めてあげればいいのに、と思う。

今日はフジ子が所属するサモンプロモーションではなく、弟のウルフと青葉ピアノという親戚の会社が仕切っているリサイタルらしい。品がないことを言えば、間を抜かれないので、利益が大きいだろう。

と、すぐ私の横を、カーリー(假屋崎省吾先生)が、あら、ここじゃないわね、と言って、戻っていく。カーリーには、「美輪明宏音楽会「愛」」の時、渋谷パルコ劇場のトイレで何度も隣り合わせている。彼はいつも独り言を言っている気がするが、これは天才に多い特徴である。

会場は、撮影禁止なのに、みんな、ステージに押し寄せて、オブジェの写真をバシバシ撮っている。主催者もあきらめているようだ。私は、いつ、カーリーがキレて、あなたたち、写真撮るんじゃないわよ！　と怒鳴るのではないか、と気が気ではなかった。

あとがき

本書は中村教授（仮名、「教授」は名前ではなく、肩書き）の平凡な日常生活を、上村隆一が記述したものである。ありのままではなく、大幅に脚色したり、場合によっては教授の許可を得ずに歪曲したり、省略したりしている。ありのままのほうがおもしろかった可能性もあるのだが、まあ、それは読者にゆだねたい。したがって、本書はフィクションだと思っていただいてもいい。教授も私に、ありのままは話していないかもしれない。

いっぽう、ドキュメンタリーだと考えてもらっても、差しつかえない。よくわからないが、新ジャンルである可能性もある。お断りしておくが、実在の固有名詞と本文のそれが一致していても、単なる偶然である。

中村教授と私、上村隆一の関係だが、複雑である。ここで簡単に説明するのはむずかしく、師弟関係とか、先輩・後輩とか、そういう単純な関係ではない。

本書のデザインについては大原信泉氏、本文の構成、表記などに対しては北冬舎の柳下和久さんから多くの有益なアドヴァイスを賜った。ここに深謝申し上げる。

二〇一三年五月十三日

上村隆一

本書は２００７年５月より開始されたウェブリブログ
「麻呂の教授な日々」に加筆、構成されたものです。

著者略歴

上村隆一
かみむらりゆういち

1963年(昭和38)、東京に生まれる。

中村教授《なかむらきようじゆ》のむずかしい毎日《まいにち》

2013年8月10日　初版印刷
2013年8月20日　初版発行

著者
上村隆一

発行人
柳下和久

発行所
北冬舎
〒101-0062東京都千代田区神田駿河台1-5-6-408
電話・FAX　03-3292-0350
振替口座　00130-7-74750
http://hokutousya.jimdo.com

印刷・製本　株式会社シナノ

定価はカバー・帯に表示してあります
落丁本・乱丁本はお取替えいたします
ISBN978-4-903792-41-5 C0095

北冬舎の本＊

書名	著者	内容	価格
天の河うつつの花	桶谷秀昭	流れゆく時代のなかにおいても変わらない大切なものを伝える名文集	2600円
誄（しのびごと）	桂芳久	老残の世阿弥を描く名短篇のほか、三島由紀夫、山川方夫らを偲ぶ	2000円
梶井基次郎ノート	飛高隆夫	純質の詩精神が生んだ、珠玉の作品群の魅力と創作の秘密を読み解く	2000円
歌の基盤　短歌と人生と［北冬草書］1	大島史洋	現代に生きてあることを、短歌に表現する意味を深く問うエッセイ集	2000円
短歌の生命反応［北冬草書］2	高柳蕗子	短歌は生きて、生命反応している。斬新な視点から読む短歌入門書	1700円
戦争の歌　渡辺直己と宮柊二［北冬草書］3	奥村晃作	戦場の二人の歌人の日常を丁寧に描いて、戦争の短歌の真の意味を追及する	2200円
影たちの棲む国	佐伯裕子	戦争責任者を祖父にもつ、戦後世代の歌人が見つめる戦前からの〝影〟	1553円
われはいかなる河か　前登志夫の歌の基層	萩岡良博	フォークナー、リルケなど、世界の文学を視野にして詩精神に鋭く迫る	2600円
怨霊の古代史　藤原氏の陰謀	堀本正巳	藤原一族や皇族が惨劇をくり広げた平城京にうごめく〈怨霊〉の物語	1800円
鎌田俊彦氏の生活と意見	鎌田俊彦	反乱の季節を疾走した過激派リーダーの無期懲役刑囚人としての日録	1600円
青の暦一九七〇　泉鏡花記念金沢市民文学賞受賞	山下渉登	全共闘運動に身を投じ、熱い政治の季節を生きた青春を描く長篇小説	2000円
黄金の魚　2008年度ノーベル文学賞受賞　2刷	ル・クレジオ　村野美優訳	拉致された少女が故郷を捜し求めて苦闘する愛と哀しみの成長物語	品切れ

＊好評既刊　　価格は本体